Hallo liebe Leserinnen und Leser,

nach der großartigen Resonanz zu Band 1 meiner Arztroman-Trilogie von Nicola Voss und Oliver Bergmann freue ich mich, Ihnen nun Band 2 der Trilogie anbieten zu können.

Ich hoffe, Sie werden vom 2. Band meiner Trilogie ebenso begeistert sein wie vom ersten. Eine Arztroman-Trilogie zu schreiben ist eine ganz besondere Aufgabe für mich.

Herzlichst,
Ihre Amanda Ciesing

www.tredition.de

Amanda Ciesing

Angst um Nele

Die NIOL-Trilogie, Band 2

www.tredition.de

© 2015 Amanda Ciesing
Umschlag, Illustration: Berthold Sachsenmaier
Lektorat, Korrektorat: Susanne Junge
Weitere Mitwirkende: Name(n) weitere Mitwirkende

Verlag: tredition GmbH, Hamburg

Paperback   ISBN: 978-3-7323-5898-4
Hardcover   ISBN: 978-3-7323-5899-1
e-Book   ISBN: 978-3-7323-5900-4

Printed in Germany

Inhaltsverzeichnis

Über das Buch

Nach der schockierenden Diagnose sind Dr. Nicola Voss und Dr. Oliver Bergmann völlig durcheinander. Beide reagieren komplett unterschiedlich, sie gehen total verschieden mit dieser Diagnose um. Die beiden sind geschieden, doch die Sorge um Nele führt sie immer wieder zusammen.

Auch Wolfgang Bergmann, Olivers Vater, ist tief betroffen, er fordert sofort den besten Kollegen für Nele an.

Dr. Ellen Roth ist Olivers Verlobte: Sie hat kein gutes Verhältnis zu Nele und muss geschäftlich verreisen; sie wird für einige Zeit in einer anderen Klinik arbeiten.

Cosima-Mathilde Bergmann erträgt ihr eintöniges Leben an der Seite von Wolfgang nicht mehr und stürzt sich in eine Affäre mit einem Mann, mit dem sie früher – als sie noch als Tierfotografin arbeitete - oft gemeinsame Aufnahmen gemacht hatte.

Kapitel 1

L angsam machte sich der Herbst in Kaltensee bemerkbar. Die ersten Bäume verloren ihre Blätter, der Wind wehte heftiger und es wurde bereits bedeutend kälter.

Nicolas Lippen und ihre Hände zitterten. Eine Träne lief ihre Wange hinab und sie fror plötzlich entsetzlich. Sie war leichenblass. Oliver sah sofort, dass es ihr alles andere als gut ging.

„Was genau steht in dem Brief, Nicola?", fragte Oliver ruhig.

„Dass Nele ein Muko-Kind ist. Nele hat Mukoviszidose. Du bist der Träger des Gens", Nicolas Stimme hörte sich an wie die eines Roboters.

Er trat hinter sie, nahm ihr den Brief aus der Hand und las ihn. Dann drehte er sich zu Nicola um: „Nici, hör mir zu, du stehst unter Schock, nehme ich an. Wir fahren sofort mit Nele ins Krankenhaus. Wenn wir unterwegs sind, rufen wir meinen Vater an. Ich bin sicher, er kennt einen Spezialisten, einen guten Kollegen, der Nele helfen kann. Falls nicht, könnte ich immer noch Ellen fragen, ob sie die Behandlung von Nele übernimmt, okay? Hast du verstanden, was ich sage?", vergewisserte Oliver sich.

Sie nickte geistesabwesend. Oliver holte ihren Mantel und half ihr beim Anziehen. Anschließend fuhren die drei gemeinsam in die Südstadtklinik. Oliver saß am Steuer und Nicola wählte mit zitternden Fingern die Nummer von Wolfgang. Nele saß hinten im Kindersitz und spielte mit ihren Fingern herum; auch sie spürte die Anspannung, die auf ihren Eltern lastete. Niemand sagte ein Wort, es waren nur mehr oder weniger gleichmäßige Atemzüge zu hören. Nicola presste das Handy wie ein Stück Eis an ihr Ohr. Es klingelte eine gefühlte Ewigkeit, dann endlich hob Cosima-Mathilde ab.

„Cosima-Mathilde, hier ist Nicola. Bitte hole Wolfgang ans Telefon", verlangte sie mit zitternder Stimme.

Cosima-Mathilde war ein wenig verwundert.

„Wolfgang!", rief sie.

Der saß gerade im Garten und las eine Sport-Zeitschrift. Stöhnend erhob er sich aus dem Liegestuhl, seit einigen Tagen schmerzte sein Rücken. Ja, ja, das Alter. Er ging bis zur Türschwelle, wo Cosima-Mathilde ihm das Telefon entgegenstreckte.

„Wer ist es?", wollte er wissen.

„Nicola", erwiderte sie, und er nahm ihr das Telefon ab.

„Ja, was gibt es denn?", fragte er schroff.

„Wir sind auf dem Weg ins Krankenhaus, Nele... bei ihr wurde eine schreckliche Krankheit diagnostiziert", Nicolas Stimme bebte noch immer.

„Ich komme sofort", ohne ein weiteres Wort legte Wolfgang auf.

Er rannte in sein Arbeitszimmer und nahm vorsichtshalber seine Arzttasche mit. An seinen Rücken dachte er nicht mehr.

„Cosi, ich muss weg, Nele geht es schlecht, ich erkläre dir später alles!", rief er und küsste sie flüchtig. Ihre Haut roch heute anders, nach einer Spur von Kokos und Rose, fiel ihm auf. Heute Abend würde er ihr mal wieder sagen, wie sehr er sie liebte, bei einem drei-Gänge-Menü mit Kerzenschein, Austern, Kaviar und Champagner. Er sagte ihr viel zu selten, was für eine tolle Frau sie war und wie sehr er sie schätzte und liebte. Auch sexuell gesehen war in der letzten Zeit wenig zwischen ihnen los gewesen. Doch heute Abend würde er das ändern!

Es fing an zu regnen und Wolfgangs Scheibenwischer hatten eine Menge Arbeit.

Schwester Stephanie versorgte gerade Mia und Ben mit ihren Pausenbroten für die Schule. Es gab Toastbrot, belegt mit Salat, Käse, Oliven und Tomatenscheiben. Aus den Jugendzimmern im oberen Stockwerk des Hauses dröhnten laute Bässe - Ben war offenbar schon wach. Ihr Sohn hatte momentan seine Rap-Phase. Ben war schon immer derjenige gewesen, der am aufgewecktesten und am anstrengendsten war; Mia war eher die Ruhige gewesen. Bis heute hatte sich das nicht geändert. Die lauten Bässe verursachten Stephanie Kopfschmerzen. „Benjamin, mach bitte die Musik leiser, ich habe Kopfschmerzen!", rief Stephanie nach oben.

Nach der dritten Bitte hatte Ben seine Mutter endlich gehört. Er stellte die Musik ab und kam nach unten.

„Entschuldige bitte, ich wollte dir keine Kopfschmerzen bereiten", sagte er und nahm ihr die Tüte mit seinem Pausenbrot aus der Hand.

„Schon okay", Stephanie gähnte, „ist Mia schon wach?"

„Nicht, dass ich wüsste", entgegnete Ben. „Hast du schon etwas von Papa gehört? Wir wollten eventuell am kommenden Wochenende zu ihm fahren", erkundigte er sich.

Stephanie war etwas perplex: „Wirklich? Ach wie schön, dass ihr mir das auch einmal sagt! Nein ich habe noch nichts von ihm gehört."

„Bist du sauer?", Ben blieb auf dem Weg zu seiner Schultasche stehen und blickte seine Mutter an.

„Nein, nur etwas überrascht. Ich denke, Christoph wird sich schon noch bei euch melden."

„Kannst du ihn nicht einmal anrufen? Bitte!", bettelte Ben.

„Mal schauen. Wenn er sich bis heute Mittag nicht gemeldet hat, dann ja", versprach sie.

Dann rief sie ihre Tochter, aber kein Mucks war zu hören.

„Naja, ich muss los zur Arbeit!", Stephanie sah auf die Uhr; sie holte eine Kopfschmerztablette aus den Badezimmerschrank, nahm diese mit einem Glas Wasser ein und verabschiedete sich von Ben. Dann machte sie sich auf den Weg zur Arbeit in der Südstadtklinik.

Nachdem Wolfgang gefahren war, blieb Cosima-Mathilde alleine zurück. Was wohl mit Nele los war? Von seinen Rückenschmerzen war natürlich keine Rede mehr! Aber um ihre Enkelin machte sie sich doch ein wenig Sorgen…

Um sich abzulenken und nicht vor Ungewissheit durchzudrehen, lenkte sie ihre Gedanken ganz bewusst in andere Bahnen: ihre Karrierepläne! Sie nahm ihr Handy zur Hand und suchte den Namen „Vladimir von Borowski". Mit ihm hatte sie früher einige Tieraufnahmen gemacht. Seit kurzem spielte Cosima-Mathilde mit dem Gedanken, wieder als Tierfotografin zu arbeiten- und diesmal würde Wolfgang ihr diesen Job nicht wieder madig machen! Sie wählte. Nach dem dritten Klingeln meldete er sich und begrüßte sie mit seinem gewohnten russischen Akzent, den sie so liebte: „Cosima-Mathilde, schön dich zu hören!"

„Hallo Vladimir, hast du Zeit?", erkundigte sie sich.

„Für dich immer, meine Liebe. Was gibt es denn?"

„Hättest du einige Minuten für mich?"

„Für dich sogar Stunden. Schieß los, ich bin ganz Ohr!"

Sie erzählte ihm von ihren beruflichen Plänen, die sie mittlerweile schon eine ganze Zeitlang beschäftigten. Mit Wolfgang konnte sie darüber ja nicht sprechen; für ihn gehörte sie nach dem veralteten Bild der Frau an den Herd. Vladimir hingegen war sofort begeistert! Nach dem Telefonat fühlte sie sich voller Tatendrang.

Oliver Bergmann, Nicola und Nele Voss waren mittlerweile am Haupteingang der Südstadtklinik angekommen; fast zeitgleich traf auch Wolfgang ein. Der Regen hatte momentan ein wenig nachgelassen.

„Hallo, ihr drei", wurden sie von Wolfgang begrüßt.

„Opa!", rief Nele freudig.

„Hallo", erwiderten Nicola und Oliver beinahe gleichzeitig. Nicolas Stimme klang erstaunlich ruhig, obwohl ihre Hände wie Espenlaub zitterten.

Auch Wolfgang schien all seine Bedenken und Vorbehalte ihr gegenüber für den Moment ab-gestellt zu haben. Er strich Nele übers Haar und lächelte seine Enkeltochter an. „Was ist denn los?", wollte er dann energisch wissen.

Während sie gemeinsam Richtung Haupteingang schritten, zog Nicola den Brief aus ihrer Handtasche. Geistesgegenwärtig hatte Oliver ihn mitgenommen, denn Nicola war bei der Abfahrt kaum in der Lage gewesen, einen einzigen klaren Gedanken zu fassen. Sie reichte ihn an Wolfgang weiter; ihre Hand zitterte noch immer. Im Foyer entnahm Wolfgang das Schreiben und las ruhig und geduldig Zeile für Zeile, Absatz für Absatz, der mit schwarzer Tinte auf weißen Untergrund Neles Schicksal in Worte meißelte.

„Der Schweißtest war also positiv, das heißt, der Salzgehalt in Neles Schweiß ist zu hoch. Und alles deutet daraufhin, dass Nele Mukoviszidose hat", schloss Wolfgang, nachdem er alles gelesen hatte.

Neles Eltern nickten.

„Möchtet ihr noch eine zweite Meinung einholen?", fragte Wolfgang.

„Ja, und vor allen Dingen wollen wir einen Spezialisten konsultieren. Kennst du einen?", wollte Nicola wissen.

„Ja, der Mann heißt Windgassen. Dr. Bruno Windgassen; er hat im Studium mit einer Note besser abgeschlossen als ich. Ich rufe ihn an; das Kind braucht eine Spezialbehandlung!"

„Den Namen kenne ich!" fiel Nicola sofort ein, „aber er behandelt ja nur Privatpatienten! Wie teuer ist er?", Nicola begann nervös, im Foyer der Klinik auf- und abzulaufen.

„Geld spielt keine Rolle. Lasst das mal meine Sorge sein", bügelte Wolfgang ihre Frage ab. Er griff in seine Jackettasche und holte sein Handy hervor. Dort suchte er die Nummer des Kollegen heraus.

Tatsächlich hob Dr. Windgassen nach einigen Sekunden ab: „Wolfgang, schön, dich zu hören! Wie geht es dir?"

„Ich freue mich auch, mir geht es gut. Wie steht es mit dir?"

„Gesundheitlich bestens. Privat eher bescheiden. Meine Frau Jolanta ist für drei Monate nach Spanien zu ihren Eltern gefahren, ihrem Vater geht es nicht so gut. Unsere Kinder Ines und Robert sind inzwischen beide verheiratet. Robert und seine Frau Katharina haben eine Tochter namens Laura. Auch Ines und ihr Mann Lorenz haben eine Tochter, die Kleine heißt Vivien. Ich fühle mich momentan ein wenig einsam – die Kinder aus dem Haus und als Strohwitwer... Aber du hast gewiss nicht angerufen, um dir meine Familiengeschichten anzuhören, oder?", vermutete Bruno.

„Das ist richtig. In meiner Familie gibt es zurzeit auch einige gesundheitliche Probleme. Meine Enkeltochter Nele hat vermutlich, nein, sie hat ganz sicher Mukoviszidose. Ich wollte dich fragen, ob du Zeit hättest, Neles Behandlung zu übernehmen? Ich bezahle dich auch großzügig."

„Natürlich habe ich Zeit. Um meine Bezahlung mache ich mir überhaupt keine Sorgen, da werden wir uns schon einig. Treffen wir uns doch am besten in meiner Klinik! Wie schnell könnt ihr da sein?"

„Wir machen uns sofort auf den Weg", Wolfgang legte auf.

„Und?", fragte Oliver, „was hat Dr. Windgassen gesagt?"

„Wir sollen gleich in seine Klinik kommen und alles vor Ort klären."

„Ein Glück!", entfuhr es Nicola.

Alle vier fuhren gemeinsam los und trafen dreißig Minuten später in der Privatklinik von Dr. Windgassen ein. Die Klink war zwei Orte von Kaltensee entfernt.

Dr. Windgassen erwartete sie bereits am Empfangstresen. Er war eher groß und hager. Auf dem Kopf hatte er noch wenige schwarze Haare, der Rest war kahl. Auf der Nase saß eine viel zu kleine, randlose Brille mit runden Brillengläsern. Dr. Windgassen trug ein hellblaues Hemd, darüber ein schwarzes Jackett, eine cognacfarbene Hose und schwarze Schuhe.

„Hallo Bruno", begrüßte Wolfgang seinen alten Kollegen freudig.

„Wolfgang!", Bruno drückte seinen ehemaligen Studienkollegen.

„Das ist meine kleine Enkeltochter", stellte Wolfgang ihm Nele vor und legte ihr die Hände auf die Schultern. Dr. Windgassen ging in die Knie und sah Nele in die Augen, während er ihre Hand schüttelte. Dann begrüßte er auch Nicola und Oliver.

„Du möchtest also, dass ich die Behandlung übernehme?", fragte Bruno beim Hineingehen.

„Du bist der Beste auf diesem Gebiet, das weiß ich doch!"

An der Rezeption gab Dr. Windgassen einige kurze Anweisungen. Kurz darauf erschien eine Krankenschwester, die Nele und ihre Familie in ein Zimmer begleitete. Nicola würde bei Nele im Zimmer übernachten dürfen; den ganzen Tag über sollten verschiedene Untersuchungen durgeführt werden.

„Oliver, würdest du bitte hier bei Nele bleiben, ich fahre nach Hause und hole einige Sachen", bat Nicola.

„Aber sicher doch, bis gleich. Wir beide kommen schon klar, nicht wahr, mein Schätzchen?"

„Ja, die Krankenschwester hat gesagt, hier gibt es ein schönes Spielzimmer. Gehst du mit mir hin?", bettelte Nele.

„Ja, wollen wir den Opa auch mitnehmen?"

„Oh ja", freute sich Nele.

Nicola ließ die drei alleine und fuhr nach Hause.

Schwester Stephanie hatte ihren Ex-Mann Christoph noch nicht erreicht. Sie fragte sich, ob irgendetwas vorgefallen war. Sonst hätte er sie auf jeden Fall schon zurückgerufen. Normaler-weise war immer äußerst zuverlässig und meldete sich innerhalb weniger Stunden bei ihr.

Mittlerweile war es 20 Uhr. Als Nicola mit den Sachen zurückkam, machte sich Oliver auf den Heimweg.

Beim Betreten des Hauses rief er: „Ellen, Schatz, wo bist du?"

„Im Schlafzimmer", kam ihre Antwort.

Oliver trat näher und setzte sich neben sie aufs Bett. Ein Blick in ihr Gesicht verriet ihm, dass sie Neuigkeiten hatte. „Na, Schatz, erzähl – du hast doch etwas auf dem Herzen! Was ist los?"

Ellen wirkte etwas verlegen: „Ich habe vorhin einen Anruf erhalten... ich soll für einen Monat als Kinderärztin nach London", eröffnete sie ihm.

Doch seine Reaktion war anders als erwartet: „Das ist doch wundervoll, Schatz!", rief er begeistert. Er freute sich für Ellen - und seine Freude war echt, das spürte und erleichterte sie gleichermaßen!

„Naja, da ist noch etwas – mein Flug geht schon morgen früh um 09:00 Uhr", beichtete Ellen zögernd, „ich habe bereits alles gepackt. Du bist doch jetzt nicht sauer, oder? Ich möchte auf gar keinen Fall, dass du denkst, ich hätte das über deinen Kopf hinweg entschieden, so ist das nämlich nicht... es ist nur... so eine großartige Chance bekomme ich vielleicht nie wieder in meinem Leben!"

Oliver schluckte. Das kam tatsächlich sehr plötzlich. Trotzdem versicherte Oliver ihr: „Ich verstehe dich! Wirklich! Und ich an deiner Stelle würde vermutlich auch sofort zugreifen, bei solch einer Chance!"

„Das heißt... du bist nicht sauer auf mich?", vergewisserte sie sich.

„Aber natürlich nicht, ich freue mich für dich! Auch wenn ich dich schrecklich vermissen werde! Aber es gibt ja Videotelefonie-Dienste, oder schlicht und einfach Mobiltelefone", versuchte er zu scherzen.

Ellen rückte näher an ihn heran. „Was hältst du davon, wenn wir den letzten Abend vor meiner Reise ganz nah zusammen verbringen", säuselte sie an seinem Ohr. Sie küsste ihn, und er erwiderte ihren Kuss zärtlich. Ihre Hand glitt an seinem Körper hinab; ihre Hände streiften sein Hemd ab; und ihre Hand glitt weiter, suchte nach seinem Gürtel.

„Stopp!", unterbrach Oliver sie, „da fällt mir ein, ich gehe noch schnell duschen! Leg dich schon mal ins Bett - und nicht weglaufen, ich bin gleich zurück!", versprach er augenzwinkernd und verschwand im Badezimmer.

„Aye-aye Sir!", Ellen bauschte sich eines der grünen Satin-Kissen auf und lehnte sich entspannt lächelnd zurück. Er drehte die Duschbrause voll auf und ließ sie in der Halterung hinabhängen, sodass sie Wand und Wanne kräftig nass spritzte. Anschließend holte er sein Handy aus der Hosentasche und tippte mit einigen geschickten Handgriffen eine SMS an Nicola: Hallo meine beiden, wie geht es euch – dir und Nele? Melde dich bitte einmal bei mir,

Nicola, ich mache mir Sorgen. Passt auf euch auf. Oliver. Dann drückte er auf Senden und stellte das Handy auf Vibration. Anschließend sprang er schnell unter den erfrischenden Strahl der Dusche.

„Ich bin wieder da", säuselte er in Ellens Ohr. Er legte sich nackt neben sie ins Bett und platzierte sein Handy unauffällig auf dem Nachttisch. „Entschuldige bitte, dass ich dich solange habe warten lassen, mein Schatz", flüsterte er in ihr Haar. „Nicht reden!", murmelte sie. Wild suchten ihre Lippen die seinen, sie berührte seinen Körper und liebkoste ihn. Er umfing sie zärtlich und beide gaben sich ihrer Leidenschaft hin.

Nicola hatte den Abend mit Nele in der Spezialklinik von Dr. Windgassen verbracht. Normalerweise musste man mit einer Wartezeit von bis zu zwei Monaten rechnen, aber Wolfgang hatte seinen Charme spielen lassen. Für seine Enkelin tat er eben alles! Nicola saß auf einem Stuhl neben Neles Bett. Sie seufzte; manchmal wünschte sie sich, sie könnte ihr Verhältnis zu Wolfgang verbessern. Aber sie wusste, er war sehr stur und sie war sich nicht sicher, ob sie überhaupt irgendetwas tun konnte, damit er ihr vielleicht eines Tages verzieh, dass sie seinen Sohn betrogen hatte. Aber sie nahm sich vor, ihr Bestes zu geben. In Gedanken versunken, griff sie nach der Hand ihrer schlafenden Tochter und strich sanft über die kleinen Finger. Auf Neles Brust war ein Fühler angebracht, der, sobald er sich löste oder abgezogen wurde, einen Alarm auslöste.

„Ach, mein Schätzchen, ich habe dich so lieb. Ich werde immer für dich da sein und aufpassen, dass dir nichts passiert. Und dein Papa auch", flüsterte Nicola, und ihr kamen die Tränen.

Plötzlich fing Nele an zu husten und röchelte nach Luft. Es war ein trockener, für Mukoviszidose typischer Husten. Nele wälzte sich unter Schmerzen hin und her und riss dabei den mit einem Pflaster befestigten Fühler von ihrer Brust. Ein schriller Ton schallte durch den Raum. Nicola wurde es eiskalt und sie zitterte bis ins Mark.

Sekunden später schon flog die Schwingtür auf und Dr. Windgassen stürmte, gefolgt von einer Krankenschwester, ins Zimmer. Nicola war wie betäubt, sie sah den Arzt, nahm ihn jedoch kaum wahr. Plötzlich durchfuhr ein stechender Schmerz ihren Kopf und ihr wurde übel. Ihr letzter Gedanke war, dass dies an dem grellen Licht liegen musste.

Kapitel 2

O liver und Ellen erwachten eng umschlungen. Es war eine leidenschaftliche Nacht gewesen. Zärtlich strich er mit den Fingerspitzen über ihren Kopf bis in ihren zarten Nacken und küsste sie.

„Guten Morgen, meine Liebe", murmelte er in ihr Haar.

„Guten Morgen, es war schön, letzte Nacht", Ellen kuschelte sich an ihn, ihre Stimme klang müde.

„Das fand ich auch. Du wirst mir sehr fehlen", Oliver schlang den Arm um ihren Körper und küsste sie. Anschließend löste er sich sacht von ihr. „Ich gehe Brötchen holen, du bekommst ein Frühstück mit einer großen Auswahl zum Abschied, versprochen", verhieß er ihr.

„Croissants mit dieser feinen Erdbeermarmelade, ohne Kerne und ohne Stückchen und dazu noch einen Rooibos-Vanilletee, das wäre lecker", schwärmte Ellen genießerisch.

„Alles, was du willst, mein Schatz", versprach Oliver und küsste sie eilig, ehe er unter die Dusche sprang. Er ließ kaltes Wasser über seinen Körper laufen und merkte sofort, wie sich seine Muskeln entspannten. Anschließend seifte er sich mit dem Acai-Beere-Duschgel, das auch Nicola und Nele so gerne benutzten, kräftig ein; er genoss den Schaum und den dezenten Duft. Schließlich spülte er seinen Körper ab und wusch seine Haare. Dann stieg er aus der Dusche, schlang sich ein Handtuch um den Körper und begann mit der restlichen Körperpflege für diesen Morgen. Nachdem er diese beendet hatte, kehrte er ins Schlafzimmer zurück und zog das weinrote Hemd an, das er gestern extra bereitgelegt hatte, weil er wusste, dass es Ellen gefiel. Passend dazu wählte er eine schwarze Hose und schwarze Schuhe.

Dann fiel ihm wieder sein Handy ein. Er angelte es vom Nachtschrank, wo er es gestern Abend unauffällig platziert hatte, und verschwand in Richtung Flur. Dort checkte er das Handy – eine SMS und ein entgangener Anruf von Nicola! Plötzlich war er wie elektrisiert! Ohne die SMS zu lesen, klickte er sich durch seine Anruflisten und wählte ihre Nummer. Seine Hand zitterte; er atmete tief durch.

Nicola blickte auf die Hände von Dr. Windgassen; sie waren groß, gepflegt und makellos schön. Seine Hände drückten Nele eine Atemmaske aufs Gesicht. Auch in der vergangenen Nacht hatte Nele mehrere Erstickungsanfälle durchlitten.

„Mehr Druck, schneller", hörte Nicola Dr. Windgassens Stimme gedämpft. Das Blut pulsierte in ihren Ohren. Ihr war so schwindelig, dass sie sich am Bettgestell festhalten musste, um nicht umzufallen. Nele wirkte so furchtbar verloren und alleine, wie sie da unter der Atemmaske mit Schläuchen an Monitore angeschlossen lag. Im Vergleich zu ihrem Gesicht wirkte die Atemmaske riesig. Leise zählte Nicola die Atemzüge ihrer Tochter. Sie hatte ihr Handy ausgeschaltet. Ihre Aufmerksamkeit galt voll und ganz ihrer kranken Tochter. Langsam norma¬lisierte sich Neles Atmung wieder, und sie atmete wieder selbst. Als Dr. Windgassen die Atemmaske von Neles Gesicht nahm und Nicola mit einem abgekämpftem Lächeln und einem erhobenen Daumen signalisierte, dass Nele es vorerst geschafft hatte, wäre sie vor Erleichterung beinahe zusammengeklappt.

„Vielen Dank, Dr. Windgassen", hauchte Nicola und atmete tief durch. Sie spürte, dass ihr Freudentränen die Wangen hinabliefen und wischte sie eilig beiseite. Nele sollte ihre Mama auf keinen Fall so schwach sehen. Nele nicht, und Dr. Windgassen schon zweimal nicht.

„Ich habe lediglich meine Arbeit gemacht. In zwei Stunden werden wir Nele abholen und noch weitere Tests mit ihr machen, damit wir die Medikation ganz gezielt und typgerecht auf Nele und ihre Krankheit abstimmen können", erklärte Dr. Windgassen höflich.

„Einverstanden", erklärte Nicola gezwungen fröhlich. „Hätten Sie vielleicht eine Kopf-schmerztablette für mich, Dr. Windgassen?"

„Aber natürlich, Frau Dr. Voss", entgegnete er und kam kurz darauf mit einer Kopf-schmerztablette und einem Glas Wasser wieder, „hier bitteschön."

„Danke sehr", Nicola nahm die Tablette und spülte sie mit Wasser hinunter.

Dr. Windgassen verabschiedete sich und verließ das Krankenzimmer.

Nicola setzte sich wieder neben Nele, die vor Erschöpfung eingeschlummert war. Die Atmung ihrer Tochter hatte sich wieder normalisiert.

Wolfgang war an diesem Morgen schon sehr früh wach gewesen. Er hatte wirres Zeug geträumt, war daraufhin kurz auf-gewacht, aber dann gleich wieder eingeschlafen – doch in einen erholsamen, tiefen Schlaf hatte er nicht mehr zurückgefunden. Er drehte sich im Bett um und tastete vorsichtig neben sich. Cosima-Mathilde lag noch immer gleichmäßig atmend und friedlich schlafend an seiner Seite. Langsam stand Wolfgang auf. Er zog sich an und machte sich frisch. Dann trat er leise in die Küche, um das Frühstück zuzubereiten. Er würde Cosima-Mathilde heute wieder einmal zeigen, wie sehr er sie liebte; das tat er viel zu selten, war ihm aufgefallen. Er war glücklich mit ihr! Deshalb beschloss er, zum Bäcker und anschließend noch zum Blumenhändler zu gehen.

Oliver war bereits beim Bäcker angekommen. Er hatte auf dem Weg dorthin mehrfach versucht, Nicola zu erreichen, aber immer hatte er nur ihre Mailbox erwischt. Tiefe Unruhe und Sorge breiteten sich in ihm aus.

„Hallo, mein Sohn", ertönte eine Stimme hinter ihm, und er fuhr herum.

„Vater", begrüßte Oliver ihn freundlich und umarmte ihn kurz.

„Ist alles in Ordnung?", fragte Wolfgang mit einem wachen Blick in das Gesicht seines Sohnes.

„Ich bin nicht sicher", antwortete Oliver zögernd.

„Weshalb? Geht es um Ellen oder um Nele?", erkundigte sich Wolfgang, die Sorge in seiner Stimme war deutlich zu hören.

„Nicola hat versucht, mich anzurufen, und ich habe es nicht mitbekommen! Was ist, wenn etwas mit Nele ist? Ich mache mir Sorgen, und ich erreiche Nicola nicht", Oliver war ganz aufgeregt. „Aber Ellen muss beruflich für einen Monat nach London und wir wollten noch gemeinsam frühstücken, danach wollte ich sie zum Flughafen begleiten."

„Oh, das sind ja Neuigkeiten! Solch ein Auslandsaufenthalt wird Ellen in ihrer Karriere sicherlich einen großen Schritt nach vorne katapultieren. Ist doch toll!" war Wolfgang sofort begeistert. Dann kehrten seine Gedanken sofort zu seiner Enkeltochter zurück und er bot an: „Hör zu, du fährst jetzt zu Ellen, und genießt den letzten Morgen mit ihr, und ich werde nach Nicola schauen!"

„Danke, Vater, so machen wir es", zögernd nahm Oliver an. Er zahlte die Brötchen und machte sich auf den Weg zurück zu Ellen.

Wolfgang brachte schnell die Brötchen und die Blumen nach Hause. Den großen Strauß stellte er in eine mit Wasser gefüllte Vase auf den Esstisch; die Brötchen gab er in einen Brotkorb und platzierte sie daneben. Anschließend ging er in die Küche, um Kaffee zu kochen. Der Duft der frisch aufgebrühten Bohnen verteilte sich in

Sekundenschnelle im ganzen Haus. Wolfgang stellte noch die samtige Erdbeermarmelade ohne Kerne und Stückchen, den Frischkäse, die Wurst, die Nuss-Nugat-Creme und diverse andere Lebensmittel für das Frühstück auf den Esstisch.

Plötzlich vernahm er leise Schritte. Cosima-Mathilde kam in ihrem weiß-rosa geblümten Seidenschlafanzug mit Spitze die Treppe herunter. Einige Male fuhr sie sich durch das tizianrote Haar. Sie trat ins Esszimmer.

„Guten Morgen, meine Liebe", begrüßte Wolfgang seine Frau und küsste sie.

„Lass das", sie entzog sich ihm energisch.

„Was hast du denn?", fragte Wolfgang erstaunt.

„Nichts! Ich bin einfach nicht in Stimmung!", Cosima-Mathilde verdrehte genervt die Augen und setzte sich an den Esstisch. Sie verlor kein Wort über das üppige Frühstück und die Blumen; ihren Teller ließ sie unberührt.

„Möchtest du etwas trinken?", Wolfgang klang besorgt.

„Ja, ein Wasser ohne Kohlensäure bitte", bat sie und starrte vor sich hin.

Wolfgang stand auf, nahm die Kristallkaraffe zur Hand und goss ihr Wasser in ein Glas. Dies hielt ihr mit den Worten „Hier, bitteschön" hin. Dann nahm er neben ihr am Esstisch Platz.

„Dankeschön", sie nahm es ihm ab und trank einen großen Schluck. Plötzlich griff sie sich an den Kopf und verzog das Gesicht. Ihr Blick schien schmerzerfüllt.

„Kopfschmerzen?", fragte Wolfgang mitfühlend.

„Migräne."

„Ist dir auch übel?", wollte er wissen, die Sorge in seiner Stimme war hörbar.

„Ja, ein wenig. Vielleicht sollte ich mich einfach noch ein wenig hinlegen und ausruhen", entschied Cosima-Mathilde und erhob sich.

Als Wolfgang sie küssen wollte, entzog sie sich ihm wieder, ging ins Schlafzimmer und schloss die Tür hinter sich. Ratlos blieb Wolfgang im Esszimmer zurück. Was war nur mit seiner Frau los? In Gedanken bei Cosima-Mathilde, verließ er das Haus und fuhr zu Nicola und Nele in Dr. Windgassens Spezialklinik.

Oliver und Ellen frühstückten gemeinsam. Er zwang sich, seine Gedanken vorerst auf Ellen zu konzentrieren – für Nele konnte er momentan ohnehin nichts tun. Und wenn Ellen erst fort war, hatte er genügend Zeit und Ruhe für seine Tochter – und seine Ex-Frau.

„Was erwartet dich denn in London?", Oliver war neugierig.

„Ich weiß es nicht so genau, ich weiß nur, dass die Klink, in der ich arbeiten soll, einen ausge-zeichneten Ruf und die besten und neus-ten Geräte hat – vor allem, was die Versorgung von lungenkranken Kindern betrifft. In dieser Klinik findet man alle aktuellen Standards, die man braucht, um solche Kinder effektiv – und ganz ohne Chemie - behandeln zu können", schwärmte sie, „dieser Job ist eine neue Herausforderung für mich, bei der ich mein volles Können anwenden und jede Menge dazulernen darf, das freut mich sehr", gab Ellen glücklich lächelnd zu.

Oliver nahm den letzten Bissen seines Brötchens und leerte seine Kaffeetasse mit einem Schluck. Anstelle des üblichen Frischkäse-brötchens mit Chilipaste hatte er heute auch einmal ein Marmela-denbrötchen gegessen - irgendwie stand ihm der Sinn nach etwas Süßem.

„Das klingt vielversprechend, und wenn es dich weiterbringt - ich meine man lernt schließlich nie aus - und ohnehin, es kann nie schaden, den Ruf zu verbessern", nickte Oliver bestätigend.

„Das stimmt. Wollen wir dann langsam losfahren, es ist schon 07:59 Uhr", Ellen blickte auf die Wanduhr.

„Ja, können wir machen, du hast schon alles gepackt?"

„Fast", meinte Ellen und verstaute die restlichen Kleidungsstücke im Koffer, unter anderem eine dünne Jacke und eine Mütze, „so, von mir aus können wir jetzt los."

Oliver nahm ihr den Koffer ab, trug ihn zum Auto und legte ihn in seinen Kofferraum, anschließend setzte er sich hinter das Steuer, während Ellen neben ihm auf dem Beifahrersitz Platz nahm. „Wir schreiben uns und telefonieren, wann immer du Zeit hast", bemerkte Oliver.

„Auf jeden Fall", Ellen lächelte ihn an.

Zwanzig Minuten später waren sie am Flughafen angekommen. Oliver stieg aus und öffnete Ellen die Tür, was diese dankend annahm. Oliver war eben ein echter Gentleman! Anschließend holte er ihr ihren Koffer aus dem Kofferraum und reichte ihn ihr.

„Melde dich auf jeden Fall, wenn du angekommen bist. Ich bin sicher, du wirst deine Aufgabe gut machen. Wir telefonieren", wiederholte Oliver.

„Mache ich auf jeden Fall; und du, pass' auf dich auf", meinte Ellen und küsste ihn.

„Du auch auf dich", er erwiderte den Kuss zärtlich und umarmte sie kurz. Dann griff er in die Innentasche seiner Jacke, zog eine rechteckige, schwarze Samtschachtel hervor und reichte sie ihr. „Das ist eine Kleinigkeit, damit du mich in London nicht vergisst", er schmunzelte.

Ellen öffnete die Schachtel und ein silbernes Armband mit einem kleinen Diamanten daran kam zum Vorschein.

„Wow, das ist wunderschön! Dankeschön", Ellen war völlig perplex.

„Darf ich?", fragte Oliver. Sie nickte und er legte das Armband um ihr Handgelenk.

Plötzlich fiel ihr Blick auf die Uhr.

„Verdammt, ich muss aufs Gate!", sie küsste ihn noch einmal, dann nahm sie ihren Koffer und lief schnellen Schrittes ins Flughafengebäude.

Oliver blickte ihr nach, bis sie aus seiner Sicht-weite verschwunden war. Er atmete lange aus und ein tiefes Gefühl der Ruhe breitete sich in seinem Inneren aus. Jetzt brauchte er erst einmal einen Moment für sich – für sich ganz alleine!

Schwester Stephanie war gerade dabei, die Medikamente an die Patienten auszugeben. Auch sie hatte von Professor Möbius erfahren, dass Nele in Dr. Windgassens Spezialklinik war, und dass Dr. Roth für einen Monat nach London ging. Besonders die letzte Neuigkeit tat ihr gut – es tat ihr gut, diese Person nicht ständig vor der Nase zu haben, so musste sie nicht dauernd an Johanna und Charlene denken – ihre beiden Töchter, die einfach so aus ihrem Leben gerissen worden waren. Sie sortierte noch weiter Medikamente ein, dabei schweiften ihre Gedanken weiter zu Christoph – heute Abend würde sie auf jeden Fall ihren Ex-Mann anrufen.

Eine Stunde war inzwischen vergangen, seit Dr. Windgassen die Tests mit Nele gemacht hatte. Oliver war noch immer nicht aufgetaucht und Nicola versuchte, ruhig zu bleiben.

„Mama! Kann ich ins Spielzimmer gehen und spielen?", fragte Nele.

„Aber sicher doch, mein Schatz. Wenn Dr. Windgassen kommt, sehen wir ihn ja", Nicola begleitete Nele ins Spielzimmer. Die Wände zum Flur bestanden aus bodentiefen Glasfenstern, was den Raum hell und fröhlich scheinen ließ. Die Möbel waren in lustigbunten Farben gehalten und es gab jede Menge Spielzeug. Momentan waren sie die einzigen Patienten hier im Spielzimmer. Nele wollte sich gerade auf die Puppenecke stürzen, als Dr. Windgassen in der Tür erschien.

„Hallo, Nele", sprach er sie an, wandte sich aber gleichzeitig auch an Nicola, „wir haben die Tests erfolgreich ausgewertet und können jetzt eine Therapie erarbeiten, die dir wirklich hilft."

Dr. Windgassen setzte sich zu Nicola an den Tisch und ging genauer ins Detail: „Sehen Sie, Frau Dr. Voss, ich würde eine inhalative Therapie, in Kombination mit physiotherapeutischen Massagen empfehlen. Die Inhalation verbessert die Atmung, und die Massagen lösen den Schleim in der Lunge besser. Außerdem ist Neles Genmutation äußerst selten, weshalb sie noch öfter inhalieren muss."

Nicola wollte gerade etwas erwidern, da trat Wolfgang zu ihnen ins Spielzimmer.

„Das sehe ich ganz genauso", stimmte Wolfgang zu, der Bruno Windgassens Erläuterungen beim Eintreten verfolgt hatte, „vielleicht können wir uns bezüglich der Therapie kurzschließen", schlug er seinem Freund und Kollegen vor.

„Aber gerne! Gehen wir doch in mein Sprechzimmer", meinte Bruno zu Wolfgang, und die beiden zogen sich nochmals zur Beratung zurück.

Nicola blieb mit Nele im Spielzimmer; lange blickte sie beiden hinterher.

In Brunos Büro nahm Wolfgang vor Brunos Schreibtisch Platz. Ausführlich erläuterte der Kollege ihm, was er auch Nicola gerade erklärt hatte. Dabei reichte er ihm auch die Untersuchungsunterlagen und betonte dabei sehr, dass die Inhalation bei Nele das A und O sei.

Wolfgang studierte die Unterlagen, nickte befriedigt und erkundigte sich, bis wann die benötigten Geräte lieferbar seien. Bruno versicherte ihm, dass diese spätestens morgen vor Ort wären. Natürlich würde Wolfgang sich, was die Kosten betraf, erkenntlich zeigen – das war sicher.

Dann ging Wolfgang noch einmal zu Nele. Ehe er sich verabschiedete, las er ihr eine Geschichte vor, was Nicola ein wenig Ruhe und Zeit für sich gestattete.

Nachdem ihr Opa gefahren war, spielte Nele mit dem Puppenhaus im Spielzimmer.

Plötzlich traten zwei Familien mit ihren Kindern ein. Der eine Mann hatte dunkle, kurze Haare und, er trug eine Jeans und ein braunes Jackett. Seine Frau, deren Finger – ebenso wie der Finger ihres Mannes - von einem mit Diamanten besetzten Ehering geziert wurde, hatte rote und lockige Haare. Passend zu ihrer Haarfarbe hatte sie auch ihren Lippenstift gewählt. Sie trug eine pinkfarbene Tunika. An der Hand der Frau lief ein kleines Mädchen, ebenfalls mit rötlichen Haaren – vermutlich war sie im gleichen Alter wie Nele.

Die andere Mutter hatte hellblonde Haare, die sie zu einem Pferdeschwanz zusammengebunden trug. Ihre Kleidung bestand aus Jeans und einem beigen Pullover. Ihr Ringfinger wurde von einem schlichten, unscheinbaren Ring geziert. Ihr Mann – in blauem Hemd und Jeanshosen - hatte dunkelbraune Haare, auch er trug einen Ring am Finger. Das Mädchen, das an der Hand ihres Vaters lief, hatte hellblonde Haare.

„Hallo, ich bin Claudia Waldenbach", stellte sich die rothaarige Frau vor. Sie schüttelte Nicola und der anderen Familie die Hände.

„Ich bin Alexander Waldenbach und das ist unsere Tochter Linda", sagte ihr Mann.

„Hallo Linda, ich bin Nele und meine Mama heißt Nicola", plapperte Nele fröhlich drauflos und kam aus der Puppenecke hervor.

„Hallo, Nicola Voss, angenehm", Nicola begrüßte zuerst Familie Waldenbach, dann stellte sie sich der anderen Familie vor.

Sie erfuhr, dass Stefan und Katharina Wenzel ihre Tochter Luisa hier therapieren lassen wollten. Als Nicola Stefan Wenzel die Hand gab, kam sie nicht umhin, sich diesen Mann zweimal anzusehen, das tiefe Blau seiner Augen... Er hatte etwas an sich, das ihr gefiel... es lag an seiner Ausstrahlung. Das musste sie sich eingestehen. Aber weiter würde sie nicht denken, denn für sie gab es nur einen Mann – einen einzigen Mann - und dieser Mann war jetzt nicht hier – nicht bei ihr und seiner kranken Tochter. Nicola ließ diese schmerzvollen Gedanken nicht weiter zu.

Stattdessen unterhielt sie sich noch eine Weile mit den Eltern der beiden Mädels, die sich offenbar sofort mit ihrer Tochter angefreundet hatten. So erfuhr Nicola, dass beide Familien in Kaltensee und gar nicht weit weg von ihr wohnten. Auch lag das Krankenzimmer von Nele genau zwischen denen der beiden Mädchen – links von Nele lag Linda, auf der rechten Seite war Luisa untergebracht. Die Eltern und Nicola beschlossen, sich auch nach dem Krankenhausaufenthalt weiter zu treffen; sie redeten noch eine ganze Weile über ihre Erfahrungen mit der Krankheit bei den Kindern.

Cosima-Mathilde saß zu Hause auf dem Sofa und las ein Buch. Plötzlich klingelte ihr Handy: Vladimir! Er bat sie, mit ihm gemeinsam Fotos für eine Zoobroschüre auszuwählen. Ohne zu überlegen, stimmte sie zu. Sie griff nach Handtasche und Autoschlüssel und fuhr zu ihm ins Büro. Stundenlang saßen die beiden zusammen, tranken Tee, lachten und diskutierten miteinander über die Fotos – über alles und nichts. Schließlich hatte sie vier passende Fotos gefunden.

Plötzlich nahm Vladimir ihr Gesicht in seine Hände und küsste sie sanft. Sie wollte sich ihm entziehen, doch er war wie ein Magnet! Erst um 23:00 Uhr fuhr sie nach Hause zu Wolfgang; sie hatte kein schlechtes Gewissen – nein, sie fühlte sich frei und lebendig. Wolfgang schlief schon, als sie kam.

Gegen 20 Uhr war Nele doch müde geworden, Nicola und Nele hatten sich von den anderen Kindern und ihren Eltern verabschiedet. In Neles Krankenzimmer angekommen, hatte eine Krankenschwester Nicola bei Neles Inhalation geholfen und den Fühler auf Neles Haut befestigt. Danach war Nele sofort eingeschlafen. Auch Nicola spürte jetzt die Müdigkeit.

„Hallo, meine beiden, wie geht es euch?", Oliver betrat das Zimmer und zog die Tür leise hinter sich zu.

Nicola schreckte auf, dann sah sie ihn verächtlich an. „Schön, dass du dich auch mal blicken lässt! Dein Kind wäre fast gestorben, aber das interessiert dich ja offensichtlich nicht! Ich muss alles alleine machen", warf sie ihm in schneidendem Ton vor. „Bitte lasse mich jetzt in Ruhe, ich möchte mich hinlegen, wir sprechen morgen früh darüber", Nicola wandte sich ab.

Oliver stockte der Atem, sein Blick schweifte von Nicola ab, zu seiner schlafenden Tochter. Traurig drehte er sich um und ging.

Kapitel 3

Wolfgang war schon früh wach geworden. Er blickte neben sich, doch die andere Bettseite war leer. Er erhob sich und ging die Treppe hinunter ins Wohnzimmer.

„Cosima-Mathilde?! Wo bist du?", rief er.

Doch es ertönte keine Antwort. Verwirrt lief Wolfgang im ganzen Haus herum und blickte auch in den Garten, aber er fand seine Frau nicht. Irgendetwas stimmte hier nicht! Offensichtlich hatte seine Frau schon sehr früh am Morgen das Haus verlassen. Aber wohin? Wann war sie fortgegangen? Was tat sie? Wolfgang konnte sich das nicht erklären. Er überlegte angestrengt. Er wusste von keinen Hobbys, denen sie nachging. Zum Shoppen war es noch viel zu früh. Hatte sie einen Termin, den er übersehen hatte? Er kontrollierte den Kalender, aber auch dort war nichts vermerkt. Auch pflegte seine Frau keine Freundschaften mehr - wo war sie also jetzt?

Gerade, als er beschloss, sie auf dem Handy anzurufen, hörte er, wie der Haustürschlüssel im Schloss umgedreht wurde. Cosima-Mathilde betrat den Hausflur. Ein schwarzhaariger Mann, nicht besonders groß, in Jeansjacke gekleidet, stand neben ihr; Cosima-Mathilde hielt die Hand des Mannes.

„Hallo Wolfgang", begrüßte Cosima-Mathilde ihn, „ich bin heute Morgen schon ganz früh aufgebrochen – zu einem Fotoprojekt mit Vladimir", erklärte sie stolz und kühl.

Um zu sehen, was zwischen seiner Frau und Vladimir lief, brauchte er nicht einmal eine Sehhilfe. Irgendetwas ging hier vor.

Cosima-Mathildes Blick wurde klar und endgültig. „Wolfgang, mit uns ist es vorbei. Ich verlasse dich. Du hast mich all die Jahre nur eingeengt und zu deiner Marionette gemacht – bei dir kann ich nicht mehr atmen. Ich ersticke. Vladimir hingegen gibt mir…"

„Hör auf!", unterbrach er sie mit einem sachlichen Tonfall in der Stimme. „Ich möchte, dass du deine Sachen packst und gehst!", Wolfgangs Stimme war weder kalt, noch flehend oder gar vorwurfsvoll – nein, sie war klar und endgültig, „natürlich will ich die Scheidung!"

„Das wollte ich auch gerade vorschlagen. Ich verzichte auf dein Geld, und wir nehmen uns getrennte Anwälte", das hatte sie beschlossen.

„In Ordnung", er nickte.

„Ich gehe dann mal packen. Vladi, hilfst du mir?", wandte sie sich an ihren Geliebten.

„Aber sicher doch", entgegnete Vladimir zuvorkommend.

Cosima-Mathilde sah, dass sich Wolfgangs Augen füllten; sie ging rasch nach oben, um ihre Sachen zu packen, sie wollte nicht sehen, wie sehr es ihn traf. Außerdem hatte sie ihn noch nie weinen sehen.

Es war definitiv vorbei zwischen ihnen.

Für immer.

Vladimir folgte Cosima-Mathilde und half ihr beim Packen.

Wolfgang blieb zurück und blickte ihnen nach. Er hatte Mühe, die Gefühle, die sich in seinem Inneren auftürmten, zu bändigen, und er spürte, wie Tränen hinter seinen Augen brannten. Mit aller Kraft hielt er sie zurück – so schwach sollte Cosima-Mathilde ihn definitiv nicht sehen.

Am Morgen war Oliver schon sehr früh in der Klinik und klopfte an die Tür von Neles Zimmer. Als er eintrat traf ihn Nicolas Blick. Die beiden sahen sich an. Ein Vogel krächzte in die morgendliche Stille hinein. Nicola erhob sich und zog Oliver nach draußen auf den Flur, um die schlafende Nele nicht zu stören.

„Was sollte das denn gestern plötzlich?", fragte Oliver ungehalten.

„Ich habe zig-mal versucht, dich zu erreichen und du hast dich nicht gemeldet!", warf sie ihm vor. „Nele und ich hätten dich an unserer Seite gebraucht – und du warst nicht da! Du warst nicht für deine Tochter da!", Nicola war völlig aufgebracht und außer sich vor Wut.

„Nun beruhige dich doch bitte einmal wieder. Ich habe Ellen zum Flughafen begleitet. Es tut mir furchtbar leid, dass..."

„Wenn dir Ellen wichtiger ist als dein krankes Kind, dann musst du es einfach nur sagen... ein Wort von dir, und ich mache alles alleine!", schrie sie. „Nele hatte im Verlauf der letzten Stunden schwere Atemprobleme, zum Glück hat Dr. Windgassen es wieder in den Griff bekommen und du gehst einfach nicht an dein Handy! Dein Kind wäre fast erstickt!", schleuderte sie ihm ins Gesicht.

Aber dann schien ihre Wut in sich zusammenzufallen; sie atmete aus und ihre Schultern sackten nach unten. Die ständige Anspannung der vergangenen Stunden und die Müdigkeit überdeckten alles! Sie hatte die ganze Nacht nicht geschlafen.

Auch Oliver bemerkte, wie müde sie aussah: „Es tut mir leid, dass ich deinen Anruf nicht entgegen genommen habe. Du solltest dich dringend ein wenig ausruhen und schlafen – denn Nele braucht eine ausgeruhte Mama", sagte er beschwichtigend und die Besorgnis war in seiner Stimme deutlich zu hören.

„Du hast recht, vielleicht sollte ich mich wirklich ein bisschen hinlegen", gab Nicola mit schwacher Stimme zu, „weckst du mich, wenn Dr. Windgassen kommt?"

„Ja", er hielt ihr zuvorkommend die Tür auf und sie gingen zurück ins Zimmer.

Dort legte Nicola sich in das Beistellbett in Neles Krankenzimmer, und Oliver zog ihr fürsorglich die Bettdecke zurecht. Wenige Sekunden später war Nicola schon eingeschlafen; auch Nele schlief friedlich in ihrem Krankenbett. Oliver setzte sich auf einen Stuhl zwischen die beiden Betten und blickte mit einem wehmütigen Lächeln auf den Lippen zwischen seinen beiden Damen hin und her. Er seufzte. Es könnte alles so einfach sein – wenn sein Vater nicht so ein schlechtes Bild von Nicola hätte…, dachte er.

Unruhig lief Wolfgang vor der Treppe auf und ab. Dann ging er in die Küche, anschließend ins Esszimmer – und zog sich dann in sein Arbeitszimmer zurück. Aber nicht einmal sein Rückzugsort half ihm, zur Ruhe zu kommen! Tausend Gedanken schwirrten in seinem Kopf herum; er dachte über seine Worte von vorhin nach - das mit der Scheidung war zu voreilig gewesen! Er musste noch einmal mit Cosima-Mathilde reden! Er bereute zutiefst, was er wegen der Scheidung gesagt hatte.

Vladimir… irgendwie erinnerte er sich an diesen Mann. Vor Jahren schon hatte Cosima-Mathilde beruflich mit dem Mann zu tun gehabt. Wie hieß er doch gleich? Er hatte einen russischen Akzent gehabt… Vladimir… Vladimir… ihm war eingefallen, dass er den Namen schon einmal auf einer Liste des Golfclubs entdeckt hatte, aber die Liste hatte er verlegt… Wer konnte ihm weiterhelfen? In seiner Verzweiflung rief er in der Südstadtklinik an. Sein Golf-Kollege, Professor Dr. Dr. Conrad Möbius war erstaunt, als Wolfgang ihn nach der Golfclub-Liste fragte, aber er gab seiner Sekretärin gleich den Auftrag, sie zu faxen. Aufgeregt wartete Wolfgang vor dem Faxgerät und zog die Liste hervor… Da… Vladimir von Borowski! Das war er! Er griff nach dem Telefonbuch und durchsuchte die Zeilen… Endlich hatte er den Namen und die Adresse im Telefonbuch gefunden. Sofort machte er sich auf den Weg dorthin.

Cosima-Mathilde und Vladimir waren vor seinem Anwesen angekommen. Das Haus war sonnengelb gestrichen, die Fenster- und der Türrahmen waren in Weiß gehalten – edel und schick – aber nicht so protzig und überheblich wie Wolfgangs Villa, so fand Cosima-Mathilde. Sie betraten das Haus, das bis auf das Badezimmer, die Küche und das Schlafzimmer mit braunem, warmen Laminat-Fußboden ausgelegt war. Die Fenster waren bodentief und das ganze Haus war lichtdurchflutet. Im Wohnzimmer stand ein weißes Ledersofa mit einem braunen Kunstfell-Überwurf, an der Wand schräg gegenüber hing ein HD-Flachbildfernseher. Unter dem Gerät befand sich in einem dunkelbraunen Schränkchen mit silbernem Türgriff die Minibar. Das Anwesen, auf dem das sonnengelbe Gebäude stand, besaß eine riesige Grünfläche, die Vladimir als Garten nutzte. Außerdem gab es noch ein Pool, eine Sauna und einen Whirlpool. „Wow!", entfuhr es Cosima-Mathilde. „Das ist der Wahnsinn! So habe ich mir das immer schon vorgestellt – ein Leben in Luxus, ohne unterdrückt und eingeengt zu werden!", Cosima-Mathilde strahlte ihn an und fiel ihm küssend um den Hals – wie eine Teenagerin – aber das war ihr momentan egal; sie war endlich angekommen und sie war glücklich – sie war einfach wieder ganz sie selbst. Eine Frau mit Bedürfnissen, Träumen und Wünschen – die sie jetzt endlich ganz offen zeigen und leben konnte. Bei Vladimir schien alles perfekt!

Plötzlich klingelte es an der Haustür. Vladimir ging zur Tür und öffnete diese.

„Oh, guten Tag", grüßte er erstaunt.

„Ist Cosima-Mathilde da?", Wolfgang beachtete Vladimir nicht.

Cosima-Mathilde erschien hinter Vladimir im Türrahmen, ihr Gesicht verharrte regungslos, ohne jegliche Emotion.

„Das mit der Scheidung… ich war wahnsinnig verletzt und etwas zu voreilig. Ich bereue zutiefst, was ich zu dir gesagt habe… Bitte… Cosima-Mathilde – bitte komm zurück nach Hause zu mir. Wir werden über alles reden, ich werde alles besser machen…", Wolfgangs Stimme blieb mitten im Satz einfach stecken, er taumelte zwei Schritte nach hinten – erst jetzt hatte er es bemerkt: Cosima-Mathilde hatte den Ehering abgenommen!

Er taumelte ein paar weitere Schritte rückwärts und stieß gegen die Tür.

„Morgen habe ich einen Termin mit meinem Anwalt wegen der Scheidung", die Endgültigkeit in Cosima-Mathildes Stimme versetzte Wolfgang den endgültigen Schlag – seine Ehe war gescheitert – für immer!

Er schluckte, dann würgte er hervor: „Gut, dann sehen wir uns vor Gericht – Leb wohl, Cosima-Mathilde." Er machte auf dem Absatz kehrt und lief wie blind zu seinem Auto zurück.

Wie betäubt fuhr er nach Hause; er konnte sich kaum erinnern, wie er den Weg geschafft hatte. Zu Hause angekommen, goss er sich einen Whisky ein; dann noch einen und noch einen; er trank, bis die halbe Karaffe leer war und fiel in einen tiefen, aber traumlosen Schlaf.

Kapitel 4

Früh am nächsten Morgen klingelte plötzlich Wolfgangs Handy. Er nahm den Anruf entgegen, ohne das Display zu beachten.

„Bergmann!", brummte er unfreundlich.

„Ich bin es, Oliver. Dr. Windgassen möchte mit uns sprechen...", begann er.

„Ich komme, tschüss", Wolfgang legte auf. Sein Kopf dröhnte und er fühlte sich matt. Aber er raffte sich auf, und nach einer kalten Dusche fühlte er sich einigermaßen in der Lage, zur Klink von Dr. Windgassen zu fahren.

Nicola und Nele waren bereits wach. In der Nacht hatte Oliver das Krankenhaus und seine beiden Damen verlassen, um selbst einige Stunden zu schlafen. Mehr als zwei Stunden Schlaf waren ihm allerdings nicht vergönnt gewesen, denn er kam einfach nicht richtig zur Ruhe, und schon früh hatte Dr. Windgassens Sekretärin ihn gebeten, wieder in die Klinik zu kommen und zu einer Besprechung zu erscheinen. Gemeinsam mit Nicola und Nele saß Oliver nun im Sprechzimmer von Dr. Windgassen; alle warteten auf Wolfgang. Nicola hatte versucht, schon etwas zu erfahren, aber Dr. Windgassen wollte ohne Wolfgang keine näheren Informationen preisgeben. Plötzlich klopfte es an der Tür.

„Herein", erwiderte Dr. Windgassen.

„Hallo zusammen", grüßte Wolfgang und trat ein. Obgleich er frisch geduscht war, sah er furchtbar aus. Nicola und Oliver musterten Wolfgang unauffällig – warum hatte er nur so rote Augen? Hatte er etwa geweint?!

„So, da nun alle Beteiligten hier sind, können wir anfangen", eröffnete Dr. Windgassen die Besprechungsrunde. Er öffnete seine Ledermappe und entnahm ihr verschiedene Zettel, die er vor den versammelten Erwachsenen auf dem Schreibtisch ausbreitete. Die erste Übersicht zeigte einen Plan von Medikamenten und Sprays, die Nele einnehmen sollte. „Wir haben nun für Nele die richtige Zusammensetzung aus inhalativen Medikamenten in Kombination mit physio-therapeutischen Übungen, die Sie als Eltern mit ihr machen können", begann Dr. Windgassen seine Erläuterungen. Er zeigte auf den zweiten Zettel, auf dem Fotografien deutlich zeigten, welche Übungen den lungenkranken Kindern Linderung verschaffen sollten. Das letzte Blatt war eine Werbebroschüre der Firma ParyGirl – führend im Bereich der Inhalationsgeräte. „Die Geräte werden im Laufe des heutigen Nachmittags bei euch eintreffen", versicherte Dr. Windgassen, um sofort hinzuzufügen, „ich bin natürlich als behandelnder Arzt auch immer ansprechbar und sofort zur Stelle, sollte es irgendwelche Zwischenfälle geben."

Nicola war erleichtert und dankbar, dass Dr. Windgassen sich so für Nele einsetzte. Sie hatte auch schon von anderen Fällen gehört; von Ärzten, die sich weit weniger ausführlich um ihre Patienten kümmerten. Aber Wolfgang hatte versichert: Für Nele nur das Beste!

„Vielen Dank, Dr. Windgassen", Nicola blickte auf.

„Seien Sie sich jedoch darüber im Klaren, dass bei solch einer schweren Genmutation, wie Nele sie hat, mehrmaliges Inhalieren am Tag nötig ist", schärfte ihnen der Arzt ein, „Sie werden genau in die Handhabung der Geräte ein-gewiesen."

Wolfgang aber war noch nicht zufrieden: „Da hätte ich noch eine Frage. Natürlich habe ich mich im Vorfeld informiert, ich habe in Internet-Foren recherchiert... dort habe ich gelesen, dass es das Beste für ein an Mukoviszidose erkranktes Kind ist, wenn es immer vertraute Bezugspersonen um sich hat. Wie ist deine Meinung dazu?"

„Nun ja, in solch einer Situation wäre es schon besser, wenn das Kind mehrere vertraute Personen um sich hat", stimmte Dr. Windgassen zu.

„Ich verstehe", Wolfgang nickte; obgleich die anderen Anwesenden nicht verstanden, worauf er mit seiner Frage abzielte.

„Ja, wenn sonst keine Fragen mehr sind..." hob Dr. Windgassen die Besprechung auf und die vier verließen das Sprechzimmer.

Nach dem Gespräch mit Dr. Windgassen steuerten sie Neles Zimmer an, aber gleich nachdem das Mädchen mit ihrer Inhalation fertig war, wollte sie unbedingt wieder ins Spielzimmer: „Mama, bitte können wir noch einmal ins Spielzimmer, vielleicht sind ja Luisa und Linda da, bitte, Mama?!", bettelte sie ungeduldig.

„Ich weiß nicht... muss das sein?", Nicola war sichtlich genervt.

„Was hast du denn auf einmal?", wurde Oliver hellhörig.

„Ach, ich weiß auch nicht... Aber wenn Nele unbedingt möchte, dann gehen wir eben noch einmal ins Spielzimmer", gab Nicola wider-strebend nach; Wolfgang wollte stattdessen in der Cafeteria einen Kaffee trinken.

Im Spielzimmer waren tatsächlich Luisa und Linda damit beschäftigt, mit den Puppen zu spielen. Nele war selig und zog ihren Vater gleich mit in die Puppenecke.

Stefan Wenzel saß auf einem grünen Sitzwürfel und sah seiner Tochter beim Spielen zu. Seine Augen wirkten müde, sein Gesicht war ein-gefallen. Trotzdem sah er unverschämt gut aus, fand Nicola.

„Hallo", grüßte Nicola.

„Hallo", erwiderte Stefan und blickte auf. Er lächelte Nicola an.

„Wo ist denn Ihre Frau?", erkundigte sie sich.

„Sie ruht sich etwas aus, es ging ihr vorhin nicht so gut. Wissen Sie, ich würde gerne irgendetwas tun; um meine Frau zu entlasten und meiner Tochter zu helfen …", begann Stefan.

„Seien Sie für Ihre Frau da, und versuchen Sie, Ihre Frau so gut wie möglich zu unterstützen; ich bin sicher, auch Ihre Tochter wird das spüren", versuchte Nicola, ihm Mut zu machen.

Stefan sah sie einen Moment mit einem verführerischen Glanz in den Augen an.

„Vermutlich haben Sie Recht, das ist wirklich alles, was ich tun kann", erwiderte er. Und seine Finger berührten, als ob es aus Versehen passiert wäre, ihren Unterarm. Nicola wurde von einer kribbelnden Hitzewelle erfasst, ihr wurde ganz schwindelig. Stöhnend fasste sie sich an den Kopf und atmete aus.

„Ist alles in Ordnung?", erkundigte sich Stefan, er stand auf und hielt sie an ihren Unterarme. Eine tiefe Sorgenfalte war auf seiner Stirn zu entdecken.

„Nein, mir ist auf einmal so schwindelig und mein Kopf schmerzt", antwortete Nicola.

„Vielleicht sollten auch Sie sich etwas hinlegen", empfahl Stefan.

„Ja, vermutlich haben Sie Recht", gab Nicola zu, „aber ich kann mich so schlecht entspannen und außerdem möchte Nele noch spielen!"

„Das ist bei meiner Frau auch so!", schüttelte Stefan den Kopf, „wissen Sie, jedes Mal, wenn Luisa einen Erstickungsanfall erleidet oder sich im Schlaf beim Umdrehen den Fühler von der Brust reißt, rennt sie sofort ins Kinderzimmer und weicht die ganze Nacht nicht mehr von ihrer Seite."

„Ich verstehe Ihre Frau, sie möchte das Beste für Luisa", sagte Nicola und berührte leicht seine Schulter.

„Natürlich, möchte sie das. Aber wenn ich sie unterstützen möchte, dann kommt es immer zum Streit! Alles mache ich falsch: ich habe den Zuführschlauch fallen lassen; ich habe den Inhalator falsch gereinigt; ich habe vergessen, den Fühler an Luisas Brust anzubringen und so weiter…", beklagte Stefan sich und schlug die Augen nieder. Selbst jetzt sah er noch immer unglaublich gut aus, fand Nicola.

„Geben Sie Ihrer Frau ein bisschen Zeit, ich bin sicher, das wird sich alles einspielen", war Nicola zuversichtlich. Sie setzen sich beide, und Stefan erzählte ihr von seiner Hochzeit und der Geburt seiner Tochter.

Vor sieben Jahren, kurz bevor Luisa geboren wurde, hatten sie geheiratet. Es war ein heißer Junitag gewesen. Die Trauung war von einem Standesbeamten, im Beisein seines Vaters Edmund vollzogen worden. Sie fand auf dem Reiterhof, vor der Grünfläche, statt. Katharina und Stefan standen unter einem Torbogen, der mit rosa Rosenblüten und dunkelgrünem Efeu ausgekleidet war. Katharina hatte ihre Haare gelockt und zu einem Pferdeschwanz zusammengebunden, in ihrem Haar steckte ebenfalls eine echte Rosenblüte in rosa. Ihr Hochzeitskleid war natürlich Umstandsmode, in Weiß mit Spitze, Seide und Tüll. Oben an dem Kleid war eine große hellrosafarbene Rosenblüte aus Tüll befestigt. Nachdem sie ´Ja´ gesagt hatten, waren sein Vater und der Stallmeister Silvio mit der weißen, von Rappen gezogenen Kutsche vorgefahren. Und in der Kutsche waren sie dann zur Reitstube gefahren, wo sie noch bis ins Morgengrauen hinein gefeiert hatten. Diese Hochzeit geschah aus purer Liebe zwischen Stefan und Katharina – und Stefans Vater Edmund hatte die Hochzeit nebenbei eine Menge PR und zahlreiche neue Kunden gebracht.

Einen Monat später war dann Luisa zur Welt gekommen. Es war drei Uhr morgens, als Katharina ihn weckte, und ihm sagte, dass die Wehen eingesetzt hatten. Stefan wollte schon aufspringen und zum Telefon eilen, um einen Krankenwagen zu rufen – aber seine

Frau hielt ihn zurück. Sie eröffnete ihm, dass sie etwas ganz anderes geplant hatte: er sollte sie in die alte Stube seiner verstorbenen Mutter bringen, denn sie wollte, dass die Geburt - wie alle Geburten in der Familie - traditionsgemäß in der alten Stube stattfand. Mit der Hebamme hatte sie bereits alles genau geplant und abgesprochen. Statt des Krankenwagens rief Stefan also die Hebamme an. Er musste natürlich auch traditionsgemäß vor der Tür warten. Schon vor der Hochzeit hatte Katharina ihren Schwiegervater über die Traditionen der Familie ausgefragt, und natürlich wollte sie dann alles prompt genauso machen. Die Geburt verlief problemlos und das Glück schien perfekt!

Der Stallmeister Silvio lernte Ruth kennen, eine Reittherapeutin, und sie zog zu ihnen auf den Hof. Damit konnten sie ihr Angebot noch erweitern und gewannen nochmals neue Kunden dazu. Ohne Ruth und ohne Katharina, die hervorragende Öffentlichkeitsarbeit leistete, wäre der Reiterhof nie so bekannt und beliebt geworden!

Aber dann begannen die Katastrophen… Kurz nach Luisas Geburt, im November 2009, bei dem verheerenden Unwetter, wäre ihnen beinahe die Reithalle eingestürzt. Silvio und Ruth hatten die Reithalle in letzter Minute mit Brettern abgestützt und stabilisiert. Wenngleich die Versicherung für die anschließenden Reparaturen aufkam, konnten in den folgenden Wochen in der Halle keine Reitstunden stattfinden, so dass die Einnahmen sanken. Auch die Therapiestunden von Ruth fielen damit aus –die Beziehung zwischen Silvio und Ruth zerbrach, und Ruth zog aus.

Schlimmer noch für die Familie – an diesem Novembertag, an dem beinahe die Reithalle eingestürzt wäre, hatte Luisa furchtbar hohes Fieber bekommen und ihre Atemgeräusche gingen keuchend. Katharina und Stefan hatten Dr. von Barten angerufen, er war der langjährige Hausarzt der Familie. Seine erste Diagnose war eine Lungenentzündung gewesen. Er hatte ihnen ein Kortisonspray zum Inhalieren dagegen gegeben. Stefan war skeptisch, und tatsächlich, das Spray half nicht. Sie waren mit dem Kind noch bei drei weiteren Ärzten gewesen und keiner hatte ihnen sagen können, was ihr wirklich fehlt. Dr. von Barten hatte seine Diagnose dann noch einmal gründlich mit seinem Kollegen Dr. Windgassen besprochen und dieser hatte dann die Mukoviszidose bei dem Kind diagnostiziert. Seitdem hatten sie den Hausarzt gewechselt und Luisa war jetzt in Dr. Windgassens Spezialklinik in den besten Händen.

Durch seine Behandlung ging es Luisa innerhalb weniger Monate sichtbar besser. Aber trotzdem wich Katharina nicht mehr von ihrer Seite. Stefan beichtete Nicola, dass er sich als Mann von Katharina überhaupt nicht mehr wahrgenommen fühlte. Wenn er abends von der Arbeit kam - was durchaus spät werden konnte, da er die PR für den Reiterhof nun alleine bewältigen musste – war das einzige, was sie von ihm wollte, ob er sich nun um Luisa kümmern könne. Manchmal hatte er das Gefühl, nicht nur seine PR-Managerin, sondern auch seine Frau verloren zu haben.

Plötzlich räusperte sich Oliver, der mit Nele in der Spielecke gesessen hatte. Nicola wandte sich ihm zu.

In diesem Moment streckte eine Krankenschwester den Kopf zur Tür herein: „Die Eltern von Nele Voss?", fragte sie.

„Ja, das sind wir."

„Dr. Windgassen würde Sie gerne noch einmal im Sprechzimmer treffen."

Beide folgten der Schwester mit Nele im Schlepptau, die sichtlich lieber im Spielzimmer geblieben wäre. Sie hatte Luisa zum Abschied zugewinkt mit den Worten „Bestimmt sehen wir uns noch, vielleicht morgen!"

„Tschüss, Nele", Luisa gähnte.

Stefan griff in seine Hosentasche und kam zur Tür: „Hier ist meine Karte, es würde mich freuen, wenn wir uns und", er wies auf die Mädchen, „unsere Kinder sich öfter sehen können. Vielleicht kommen Sie ja einmal mit Nele für Reiterferien zu uns auf den Hof", warb er und überreichte Nicola seine Visitenkarte. Dabei hatte Stefan Nicola für Olivers Geschmack einen Moment zu lange in die Augen gesehen: „Oder wir treffen uns auf eine Golf Partie – privat bin ich, wenn meine Zeit es zulässt nämlich ein leidenschaftlicher Golfer."

„Oh ja, sehr gerne sogar. Ich golfe auch mit Vergnügen – aber leider auch viel zu selten", erwiderte Nicola und lächelte Stefan an.

„Können wir jetzt gehen, wir müssen zu Dr. Windgassen", Oliver klang sauer.

„Ja, sicher", beeilte sich Nicola zu sagen.

Da gähnte Luisa schon wieder.

„Oh, meine Prinzessin, komm, ich bringe dich ins Bett!", Stefan hob seine Tochter hoch und trug sie aus dem Spielzimmer in ihr Krankenzimmer, wo Katharina schlafend auf dem Beistellbett lag.

Nele saß auf den Knien ihrer Mutter, Oliver saß auf dem Stuhl daneben, während Wolfgang, der sich in der Zwischenzeit mit einem Kaffee aus der Cafeteria gestärkt hatte, an Dr. Windgassens Schreibtisch stand. Alles war seltsam ruhig, nicht einmal Nele zappelte herum; sie schien die Spannung zu spüren, die in der Luft lag.

„Die Untersuchungen sind soweit abgeschlossen. Die Geräte wurden so eben geliefert. Ich bereite die Entlassungspapiere vor und dann darfst du nach Hause, Nele", meinte Dr. Windgassen lächelnd, an Nele gewandt.

Nun wies er Nicola, Oliver und Wolfgang in die Handhabung der Geräte ein. Während die Geräte, die in der Klinik verwendet wurden, größer waren, hatte die Firma PariGirl auch Geräte für den Hausgebrauch entwickelt, die auch leicht transportiert werden konnten. Dr. Windgassen zeigte ihnen genau, wie der Vernebler funktionierte, wie die Reinigung, also das Sterilisieren, gemacht wurde, wie der Alarm ausgelöst werden konnte und was man nachts bei dem Gerät beachten musste – man musste nämlich den Fühler auf der Brust des Kindes mit einem Heftpflaster fixieren. Sobald der Fühler keine Atmung mehr feststellen konnte, wurde umgehend der Alarm ausgelöst – das zeigte an, wenn das Kind nachts einen Erstickungsanfall erlitt, in den meisten Fällen allerdings hatte sich lediglich der Fühler gelöst.

Anschließend ließ er Nicola und Oliver selbst ausprobieren, das Gerät richtig zu nutzen. Nicola füllte das Medikament in den Vernebler und schaltete ihn an. Nun schob sie vorsichtig das Mundstück in Neles Mund. Obwohl der Apparat selbst kleiner war, wirkte das Mundstück in Nicolas Augen viel zu groß für so einen kleinen Kindermund. Für einen kurzen Moment hatte sie Angst, ihre Tochter könne daran ersticken. Tatsächlich fing Nele kurz an zu würgen; da strich Oliver seiner Tochter sanft über den Rücken und nach kurzer Zeit beruhigte sie sich wieder.

Nach der Inhalation übergab Dr. Windgassen ihnen die Entlassungspapiere und verabschiedete die Familie nach Hause. Dabei betonte er nochmals, dass er jederzeit der erste Ansprechpartner für sie war, sollten sie Fragen haben oder es zu Komplikationen kommen.

„Wir haben mit dem Physiotherapeuten der Klinik schon Termine zum Hausbesuch für die Massagen ausgemacht", Wolfgang wandte sich nochmal an Dr. Windgassen: „Bruno, ich möchte mich für deine erstklassige Behandlung bei Nele gerne erkenntlich zeigen", erklärte er und steckte seinem Freund einen Fünfhundert-Euro-Schein zu.

„Vielen Dank, Wolfgang. Das wäre nicht nötig gewesen, und das weißt du. Für einen guten Freund immer gerne", entgegnete der, „ich wünsche euch alles Gute, auf Wiedersehen."

Die vier verließen die Klinik und fuhren zu Nicola nach Hause.

Wie angekündigt, waren die Inhalationsgeräte bereits angeliefert worden. Wolfgang fragte Nicola nach Desinfektionsspray und Handschuhen und begann dann, mit seiner Enkelin das erste Mal zuhause zu inhalieren.

Kapitel 5

Die leichten Sonnenstrahlen ließen den See glitzern. Nicola sah aus dem Fenster und genoss den Anblick. Nele schlief noch, die Nacht war ruhig verlaufen. Tief in ihrem Inneren spürte Nicola die Angst, die Pflege alleine unmöglich schaffen zu können. Sie musste mit Oliver noch einmal darüber reden. Aber genau wie Nele schlief er jetzt noch.

Wolfgang war gestern Abend erst ganz spät noch nach Hause gefahren. Er schien es überhaupt nicht eilig zu haben. Überhaupt war er den ganzen Abend über seltsam still gewesen, irgendetwas schien ihn zu bedrücken. Die alten Feindseligkeiten ihr gegenüber dagegen waren scheinbar vollkommen vergessen. Keine bösen Bemerkungen, keine bissigen Seitenhiebe, keine verbalen Angriffe – so kannte sie ihn überhaupt nicht. Was war nur mit ihm los?

Plötzlich klingelte es an der Tür. Wenn man vom Teufel spricht… es war tatsächlich Wolfgang, und er sah fürchterlich aus. Sein Kinn war unrasiert, seine Augen zierten tiefe, dunkle Ringe und er roch nach einer Mischung aus Zahnpasta, Whisky und Duschgel.

Nicola wusste kaum, was sie sagen sollte, und brachte dann ein „Guten Morgen, Wolfgang" hervor.

„Hallo", erwiderte Wolfgang matt.

„Ist etwas passiert?", wollte sie nun endlich wissen, was der Grund für sein seltsames Verhalten und dieses für den sonst so gepflegten Mann untypisches Aussehen war. Sie war schon immer eine scharfe Beobachterin gewesen, aber hier musste einfach jeder merken, dass etwas nicht stimmte.

„Hat Nele schon inhaliert?", erkundigte sich Wolfgang, ohne auf ihre vorherige Frage ein-zugehen. Seine Stimme klang bemüht normal.

„Nein, sie schläft noch so gut, und die Nacht ist ruhig verlaufen, da wollte ich sie jetzt nicht aus dem Schlaf reißen", antwortete Nicola.

„Ich verstehe. Wir müssen noch mit Neles Lehrerin, Frau Buss, absprechen, wie wir das mit dem Inhalieren während der Unterrichtszeit machen. Also ich wäre ja dafür, dass wir einen Privatlehrer für Nele engagieren, der sie zu Hause unterrichtet", wechselte Wolfgang wieder abrupt das Thema.

Nicola sah ein, dass ein Frontalangriff auf Wolfgangs momentanen Zustand sinnlos zu sein schien, und ging daher auf seine Idee ein: „Gute Idee", sagte sie, „so kann Nele etwas lernen und sich trotzdem in der Freizeit mit ihren Freundinnen treffen."

„Also von mir aus – grundsätzlich bin ich schon damit einverstanden…", begann Oliver zögernd, der durch Wolfgangs Klingeln aufgewacht war und jetzt schlaftrunken im Flur stand.

„Aber?", fiel Nicola ihm energisch ins Wort. Sie witterte gleich Widerstand, den sie im Keim ersticken wollte.

„Ich finde einfach, Nele sollte auch den Kontakt zu ihren Freunden in der Schule nicht verlieren", fand Oliver.

Nicola atmete aus – sie hatte sich wieder etwas beruhigt. „Ich verstehe dich ja. Aber wir könnten es zum Beispiel so machen, dass Nele ihre Schulfreunde besuchen kann – oder sie kommen an den Wochenenden öfter vorbei. Du hast doch gerade gesagt, sie soll den Kontakt nicht verlieren. Und außerdem möchte Nele auch mit ihren neuen Freundinnen Luisa und Linda öfter spielen", erklärte Nicola.

„Ok, du hast Recht. Wir suchen uns vorerst einen Privatlehrer", stimmte Oliver schließlich zu.

„Ich beteilige mich natürlich an den Kosten", versprach Wolfgang.

„Danke, dass wissen wir zu schätzen", meinten Oliver und Nicola beinahe gleichzeitig.

„Ich habe ein bisschen Angst", gestand Nicola.

„Wovor?", fragte Oliver, und auch Wolfgang schien erstaunt.

„Die Pflege von Nele... ich weiß einfach nicht, wie ich das alles schaffen – und gleichzeitig meinen Job machen soll. Versteht mich nicht falsch – ich liebe mein Kind mehr als alles andere auf der Welt! Aber ich muss doch auch Geld verdienen. Und diese ganze Verantwortung – was ist, wenn ich etwas falsch mache? Womöglich erstickt Nele dann... Ich habe einfach furchtbar Angst", Nicola war verzweifelt.

„Das verstehe ich", schaltete sich nun Wolfgang ein, „ich mache dir einen Vorschlag", fuhr er fort.

Nicola und Oliver sahen ihn gleichermaßen gespannt und abwartend an.

„Du kannst vorerst bei mir einziehen. Ich kümmere mich tagsüber um Nele und die Inhalationen, und du kannst weiter in der Klinik arbeiten."

Nicola und auch Oliver waren einige Minuten sprachlos.

„Ich weiß nicht", Nicola traute dem Frieden nicht recht. Zwischen Wolfgang und ihr waren in der Vergangenheit einfach zu viele schlechte Dinge geschehen – es hatte zu viele unschöne Worte zwischen ihnen gegeben. Sie überlegte hin und her, dann lehnte sie ab: „Nein, ich möchte das nicht!"

In Wolfgangs Gesicht zuckte es; Nicola sah, wie er sich bemühte, die Beherrschung nicht zu verlieren. Er drehte sich um und murmelte im Gehen: „Ich muss noch einmal kurz weg."

Schon schlug die Tür hinter ihm ins Schloss.

Stefan saß in seinem Büro am Schreibtisch. Seine Augen tränten, da er seit über einer Stunde die Preistabelle für die neue Reitsaison in dem Tabellenkalkulationsprogramm auf seinem Computerbildschirm anstarrte. Heute konnte er sich nicht richtig auf die Zahlen konzentrieren. Dauernd kreisten seine Gedanken um Katharina und seine Tochter. Und um Nicola… Deshalb beschloss er, sich mit einem Spaziergang zu den Pferden etwas abzulenken.

Er verließ das Büro und umrundete die Halle mit den Boxen, schritt zur Reiterhalle, dann weiter zur Koppel und schließlich zum Außengelände, das für das Geländereiten genutzt wurde. Er atmete tief durch und genoss die Stille.

Dann sah er bei den Stallgebäuden die Reit-therapeutin und Reitlehrerin Ruth. Nachdem sie sich vom Stallmeister Silvio getrennt hatte, war sie einige Zeit später wieder zurückgekommen. Seitdem führten Silvio und Ruth eine On–Off–Beziehung. Da die Reithalle wieder in tadellosem Zustand war, gab Ruth wieder ihre Reit- und Therapiestunden, und Stefan hatte darauf bestanden, dass sie den Unterricht auch fortführte, obgleich sie nicht mehr auf dem Hof wohnte und mit Silvio auseinander war – Vertrag war Vertrag, und man musste Privates und Geschäftliches trennen!

Gerade sattelte Ruth zusammen mit Silvio zwei Pferde. Während Stefan in ihre Richtung ging, dachte er daran, was Katharina ihm bei einem der selten gewordenen gemeinsamen Abendessen erzählt hatte. Ruth hatte sich immer etwas Festes gewünscht - insgeheim hatte sie von einer romantischen Hochzeit wie der von Stefan und Katharina mit einer Kutsche und Pferden geträumt. Und nach der Hochzeit hatte Ruth sich vorgestellt, dass sie und ihr Mann mindestens zwei gesunde Kinder haben würden – wenn es nach ihr ginge, natürlich zwei Mädchen. All das hatte sie Katharina einmal erzählt… Wehmütig dachte Stefan an diesen Abend zurück. Katharina und er konnten sich blind alles anvertrauen, alles blieb an dem Ort, an dem es gesagt, und zwischen den Menschen, zwischen denen es ausgesprochen worden war. Das liebte er so an seiner Frau!

„Hallo Ruth, hallo Silvio", grüßte Stefan die beiden.

„Hallo, Stefan. Was treibt dich denn hier her?", grüßten ihn die beiden.

„Ich brauche einmal eine Auszeit von meinen Papierstapeln und Tabellen im Büro", erklärte der Chef.

„Möchtest du ausreiten?", fragte Ruth.

„Nein, möchte ich nicht", wehrte Stefan ab und erklärte „Wisst ihr, ich wollte einfach einmal den Kopf ein bisschen frei bekommen, ich ersticke in Papierbergen."

„Warum gehst du nicht einfach mit deiner Frau und deiner Tochter ein wenig spazieren? Ich bin sicher, das würde euch allen sicher gut tun."

Stefan nickte: „Vielleicht hast du Recht." Er wandte sich ab und ging auf das Wohngebäude zu.

Das Haus war mit edlem braunem Laminat-Fußboden ausgelegt und besaß bodentiefe Fenster, die tagsüber den Wohnraum mit Helligkeit füllten. In dem großen, offenen Wohnzimmer standen zwei weiße Ledersofas, an der Wand hing ein Flachbildfernseher, und der Kamin sorgte für die nötige Wärme. Durch eine Verbindungstür, eine Schiebetür, gelangte man in die Küche und in das Esszimmer. Der zentrale Punkt des Esszimmers war ein großer, runder Holztisch, an dem alle einen Platz fanden. Sogar überraschender Besuch sollte sich stets willkommen fühlen, denn Familie Wenzel bekam häufig spontanen Besuch. Auch blieben zum Beispiel Ruth, die mit Katharina inzwischen sehr gut befreundet war, und Silvio, der nicht nur die Pferde versorgte, sondern auch gelegentlich anfallende Handwerksarbeiten verrichtete, gerne zum Essen. Was das Handwerkliche angeht, hatte Stefan nämlich zwei linke Hände. Schon in der Schule waren Mathematik und Informatik seine Lieblingsfächer gewesen, mit Werken hingegen hatte er sich nie sonderlich anfreunden können. So war Silvio als Stallmeister ein absoluter Glücksgriff gewesen!

Das Elternschlafzimmer lag direkt neben dem Kinderzimmer. Luisa hatte sich ein Zimmer komplett in rosa gewünscht, und Silvio war derjenige gewesen, der ihr diesen Wunsch erfüllt hatte. Der Inhalator stand im Kinderzimmer, während der Sterilisator, der aussah wie ein Mini-Backofen, in der Küche aufbewahrt wurde. Stefan vernahm das vertraute Brummen des Inhalators und ging ins Kinderzimmer. Tatsächlich dort inhalierte Katharina gerade mit Luisa.

„Hallo, meine beiden", erklärte er lächelnd und küsste zuerst Katharina, und dann Luisa auf die Stirn. „Inhalieren um diese Zeit? Was ist los?", wollte er wissen.

„Luisa hatte wieder einen Erstickungsanfall!", erklärte Katharina und lehnte erschöpft ihren Kopf an Stefans Schulter, „jetzt nach der Inhalation kann sie wieder etwas freier atmen."

„Was hältst du davon, wenn wir gemeinsam mit ihr einen Ausflug machen – vielleicht zu deiner Tante Cynthia?", fragte Stefan und strich seiner Frau dabei zärtlich über das Haar.

„Das ist eine hervorragende Idee, Stefan. Ich denke, ein bisschen Abwechslung und frische Luft wird uns allen gut tun", erwiderte Katharina und küsste ihn.

Nachdem die Medikation verdampft war, halfen sie gemeinsam Luisa in die Jacke. Anschließend zog Stefan seiner Tochter noch die Schuhe an.

„Jetzt gehen wir zu Tante Cynthia", sagte Katharina zu ihrer Tochter.

„Oh ja, da freu' ich mich drauf, dass wird toll", freute Luisa sich, „am besten ist bei der ihr Garten mit den Enten im Teich! Vielleicht darf ich sie ja wieder füttern!"

Sie gingen hinaus auf den Hof, wo das Cabriolet in der Garage stand.

Stefan fuhr das Auto hervor und Katharina setzte Luisa in den Kindersitz, um dann selbst einzusteigen. Stefan und Katharina hatten ihre Fensterscheiben heruntergelassen. Auf dem Hof putzte Silvio gerade einen Sattel und Ruth fegte den Boden. Beide traten zum Auto.

„Wohin fahrt ihr denn?", erkundigte sich Ruth durch die geöffnete Fensterscheibe.

„Wir fahren zu Katharinas Schwester Cynthia", erwiderte Stefan.

„Oh, das ist aber schön. Habt ganz viel Spaß", wünschte Ruth.

„Danke, das werden wir sicherlich haben", entgegnete diesmal Katharina.

Stefan trat aufs Gas und fuhr vom Hof.

Nicola zweifelte. Vielleicht war es doch falsch gewesen, dass sie Wolfgangs Versöhnungs-angebot ausgeschlagen hatte. Wenn sie sein Angebot überhaupt als ein solches bezeichnen konnte. Sie beschloss, noch ein bisschen über sein Angebot nachzudenken und ihm auf den Zahn zu fühlen.

Oliver hatte Nele gerade ins Bett gebracht, sie war hundemüde gewesen – also Zeit für einen Mittagsschlaf. Kaum hatte er sie zugedeckt und den Fühler an ihrer Brust befestigt, war sie auch schon eingeschlafen.

Er kam wieder ins Wohnzimmer und setzte sich neben Nicola aufs Sofa.

„Ist alles in Ordnung mit Nele? Hast du mit ihr inhaliert?", fragte Nicola.

„Ja, es ist alles in Ordnung. Nein, ich habe nicht noch einmal inhaliert, weil ihre Atemgeräusche vollkommen normal klingen", erwiderte Oliver.

Nicola atmete hektisch aus und stürmte ins Kinderzimmer. Sie füllte die Medikamente ein und nahm neben dem Bett Platz. Dann schob sie ihrer schlafenden Tochter das Mundstück zwischen die Zähne und wartete ab, bis die Flüssigkeit vernebelt war. Stirnrunzelnd kontrollierte sie nebenbei den Fühler – natürlich! Wie sie es sich gedacht hatte - nicht einmal den Fühler hatte Oliver richtig auf der Brust seiner Tochter befestigt! Sie ärgerte sich. Vorsichtig, um Nele nicht aufzuwecken, drückte Nicola das Pflaster fest. Dann schloss sie leise die Kinderzimmertür und ging zurück zu Oliver. Der hatte sich nicht vom Fleck bewegt; noch immer saß er auf dem Sofa. Die Arme vor der Brust verschränkt, setzte sie sich neben ihn und schwieg.

Eine Weile herrschte Schweigen. Dann erhob Oliver sich und ging um das Sofa herum. Sanft berührte er ihren Nacken und begann mit kreisenden, gleichmäßigen Bewegungen ihre Schultern und den Nacken zu massieren: „Was ist los?" wollte er wissen; ihr Ärger war ihr deutlich anzusehen, doch er konnte sich nicht gleich einen Reim darauf machen.

„Du hast den Fühler nicht richtig angebracht und nicht mit ihr inhaliert!", beschwerte Nicola sich und entzog sich ihm.

„Es tut mir leid", ließ Oliver die Hände hilflos sinken, „weißt du, das ist alles noch sehr neu für uns, das muss sich alles erst einspielen."

„Ja, ich weiß!" Plötzlich erschien Stefan vor ihrem inneren Auge, und sie sah seinen traurigen Blick aus diesen faszinierenden Augen, als er ihr davon erzählte, dass auch er in Katharinas Augen alles falsch zu machen schien. Unwillkürlich schlich sich ein Lächeln in ihr Gesicht, doch sie fühlte auch Scham, da sie genau denselben Fehler machte. Auch ihr konnte Oliver nichts recht machen…

Versöhnlicher sagte sie zu ihrem Ex-Mann: „Hör zu, du hörst den Alarm, wenn er losgeht, oder? Ich möchte mich nämlich gerne ein wenig hinlegen. Ich habe Kopfschmerzen."

„Natürlich. Mach das. Ich habe hier alles im Griff, vertrau mir", versicherte Oliver.

Nicola lächelte erleichtert und kuschelte sich auf dem zweiten Sofa im Wohnzimmer unter eine der flauschigen Wolldecke.

Nach nur dreißig Minuten war Familie Wenzel bei Tante Cynthia angekommen. Cynthia wohnte in einer weißen Villa, die von herrlich blühenden Fuchsien gesäumt war. Die Inneneinrichtung war eben so edel und schick, wie es das Gebäude von außen erwarten ließ.

Von ihrer kleinen Nichte Luisa war Cynthia seit Jahren ganz begeistert. Die Kleine plapperte wie ein Wasserfall, lachte, quiekte und futterte einen Schokokeks nach dem anderen: „Du, Tante Cynthia können wir raus zum See gehen? Ich mag die Enten angucken, bitte", bat sie ihre Tante.

„Aber natürlich", erwiderte Cynthia, die Luisa keinen Wunsch abschlagen mochte, und sie machten sich auf zum See, dessen Oberfläche unter den leichten Sonnenstrahlen wie ein Spiegel glitzerte. Stefan und Katharina bummelten langsam hinterher.

Jedes Mal, wenn eine Ente das Köpfchen an die Wasseroberfläche streckte, lachte und quiekte Luisa begeistert und so unbeschwert, dass Katharina und Stefan sich für einige Momente einbilden konnten, sie hätten ein gesundes Kind.

Aber Katharina und Stefan liebten ihrer Tochter, so wie sie war. Die Mukoviszidose war in diesem Punkt ganz klar zweitrangig. Luisa lief an Tante Cynthias Hand und ein Stückchen weiter hinten schlenderten Stefan und Katharina Händchen haltend. Stefan küsste sie zärtlich, und endlich waren sie sich so nahe wie schon seit langem nicht mehr.

Nach einer Stunde war Nicola wieder aufgewacht. Im Kinderzimmer war es zwar ruhig gewesen, daher hatte sie nur kurz den Kopf zur Tür hereingestreckt. Da kein Alarm losgegangen war, konnte sie sich sicher sein, dass der Fühler sich noch an Neles Brust befand; ihre Atemzüge waren ruhig - Nele schlief tief und fest.

„Ich hätte dich geweckt, wenn es ihr schlechter gegangen wäre", flüsterte Oliver, der hinter ihr im Türrahmen aufgetaucht war. Dann betonte er, dass der Alarm nicht ein einziges Mal losgegangen war. Nicola nickte zufrieden; nun wirkte sie um einiges entspannter, fand Oliver.

Nach Neles Mittagsschlaf spielten sie noch ein wenig UNO, anschließend bereiteten sie das Abendessen zu. Es war bereits 21:00 Uhr, als ihr Handy klingelte, es war Wolfgang.

„Dein Vater", war Nicola verwundert, denn seit der Scheidung von Oliver war es so gut wie nie vorgekommen, dass Wolfgang sie anrief. Oliver sah sie gespannt an, während sie das Gespräch entgegennahm.

„Guten Abend, Wolfgang. Dass du mich einmal anrufst und dann noch am Abend, zu solch einer späten Zeit", war Nicola verwundert.

„Freut mich, dich zu hören. Ich würde mich gerne jetzt sofort mit dir am See treffen. Ich weiß, es ist spät und dunkel, aber es überaus wichtig", erklärte Wolfgang.

„Ok, wenn es so wichtig ist, komme ich natürlich sofort", meinte Nicola, doch das Erstaunen, das in ihrer Stimme lag, konnte sie nicht ganz verbergen.

„Gut. Ich freue mich. Bis gleich", Wolfgang legte auf. Seine Stimme hatte alles andere als freudig geklungen.

„Was möchte mein Vater denn um diese Uhrzeit von dir?", fragte Oliver.

„Er will sich mit mir am See treffen", erwiderte Nicola.

Oliver schwante nichts Gutes; sein Vater führte irgendetwas im Schilde, da war er sicher.

„Pass auf dich auf, Nicola. Ich bleibe hier, bei Nele", meinte Oliver.

„Ok, bis später", Nicola schlüpfte in ihren Mantel und fuhr zum See.

Oliver warf einen kurzen Blick ins Kinderzimmer, aber dort war alles ruhig.

Nachdem Ausflug zu Tante Cynthia war Luisa müde geworden. Stefan inhalierte mit seiner Tochter, brachte sie mit einer Gute-Nacht-Geschichte ins Bett und deckte sie fürsorglich zu. Anschließend kam er zu Katharina ins Wohnzimmer.

„Sie schläft jetzt, wir haben inhaliert, ich habe den Fühler richtig an ihrer Brust befestigt und ihr eine Geschichte vorgelesen", berichtete Stefan, „wie wäre es, wenn wir uns jetzt einfach entspannen", zärtlich suchten seine Lippen die ihren.

„Nimm ein Kondom!", hauchte sie ihm ins Ohr.

Auch wenn es Stefan schwerfiel – denn er hatte sich immer viele Kinder gewünscht - tat er, was Katharina verlangte. Ihre Liebe war das größte Geschenk und gemeinsam würden sie alles überstehen, war er sich sicher! Die Leidenschaft, die durch seinen Körper schoss, machte alles wieder gut, denn jetzt gab es für einen Moment nur ihn und seine Frau – da war es ihm fast egal, dass er kein zweites Kind mehr haben würde!

Die hellen Scheinwerfer ihres Cabriolets blendeten Wolfgang. Nicola stieg aus, ging auf den Steg und wartete kurz.

Er erhob sich, schwankte dabei leicht und begrüßte sie sogar mit einer leichten, etwas steifen und unbeholfenen Umarmung: „Guten Abend, schön, dass du es einrichten konntest."

„Ich bin gespannt", erwiderte sie, noch leicht zurückhaltend, und er bat sie, sich neben ihn zu setzen, was sie auch sogleich tat.

Stockend begann Wolfgang zu berichten, während er über das Wasser blickte: „Weißt du, Nicola, ich dachte immer, ich führe eine perfekte Ehe... Aber mir ist klar geworden, dass es das nicht gibt."

„Warum, was ist denn passiert?", wurde Nicola hellhörig.

„Cosima-Mathilde hat einen anderen! Sie hat mich verlassen und zwar für immer", Wolfgang holte die Glasflasche Whisky hervor, die er mit-gebracht hatte, und trank einen kräftigen Schluck; Nicola bemerkte, dass die Flasche schon halb leer war. „Auch einen Schluck?", fragte er und hielt ihr die Flasche hin.

„Nein, danke!", Nicola schüttelte sich und lehnte dankend ab, „Cosima-Mathilde hat dich verlassen! Bist du sicher, dass sie das ernst meint?", Nicola wiederholte seine Worte; sie war entsetzt.

„Ja, sie will die Scheidung!", bestätigte Wolfgang, „mein Leben ist vollkommen leer, nix krieg' ich auf die Reihe. Erst hab' ich meine Tochter vergrault, dann dich - und jetzt auch noch meine Frau, MEINE FRAU!", schrie er und sein Schrei hallte wider.

„Du darfst das jetzt nicht so negativ sehen! Oliver und ich, wir sind für dich da. Es wird alles wieder gut", versuchte Nicola ihm klarzumachen. Sie erkannte ihn gar nicht wieder! Kurz wandte sie den Kopf zum klaren Nachthimmel; und das war der Moment, den Wolfgang nutzte, um sich mit der Rasierklinge, die er extra eingesteckt hatte, die Pulsadern aufzuritzen. Schnell ließ er die Klinge ins Gras fallen.

Als Nicola sich Wolfgang wieder zuwandte, wollte sie ihm weiter Mut machen mit den Worten: „Versprich mir, dass du jetzt nicht aufgibst...", doch in diesem Moment fiel Wolfgang nach vorne, und Nicolas Arme konnten ihn gerade noch rechtzeitig halten.

Kapitel 6

Oliver saß auf dem Sofa und las eine Zeitschrift. Er hatte versucht, ein wenig zu schlafen, aber es war ihm nicht gelungen; einmal war der Alarm losgegangen und wäre er nicht so schnell im Kinderzimmer gewesen, dann wäre Nele beinahe erstickt, das war heute Nacht, um 3:36 Uhr gewesen. Er hatte natürlich sofort mit ihr inhaliert. Danach hatte er ihr noch eine Geschichte vorgelesen, durch die sie sich etwas beruhigt hatte und schließlich wieder eingeschlafen war. Oliver legte die Zeitschrift beiseite, massierte sich den schmerzenden Nacken, atmete tief durch und schloss die Augen.

Plötzlich hörte er ein Keuchen aus dem Kinderzimmer und lief hektisch hin. Nele kniete in ihrem Bett und sah ihn erwartungsvoll an.

„Ich habe Hunger, Papa", meinte Nele ungeduldig.

„Erst inhalieren wir gemeinsam, danach mache ich dir dein Frühstück", bestimmte Oliver und seine Tochter nickte.

Er sterilisierte das Mundstück und steckte es anschließend wieder auf den Inhalator. Dann füllte er das Medikament in den Vernebler und gab Nele den Schlauch mit dem Mundstück, mit der einen Hand hielt er Neles Kopf hoch und mit der anderen den Schlauch fest.

Sie zog an dem Mundstück und inhalierte das verdampfende Medikament tief in ihre Lungenflügel.

Anschließend hob Oliver seine Tochter hoch und legte sie über seine Schulter; vorsichtig schlug er ihr auf den Rücken, um ihr das Abhusten zu erleichtern. Langsam klangen ihre Atemzüge freier.

Nach dem Inhalieren sterilisierte er nochmals die Teile des Inhalators und räumte dann alles ordnungsgemäß an seinen Platz zurück.

Gemeinsam gingen beide in die Küche. Oliver fischte eine Tüte Croissants zum Aufbacken aus dem Kühlschrank und schob die Hörnchen in den Backofen. Während des Backens holte er die Kaffeebohnen aus dem Schrank, füllte sie in den Vollautomaten und ließ sie aufbrühen. Dann stellte er noch die leckere Erdbeer-Marmelade ohne Kerne und ohne Stückchen sowie die Nuss-Nugat-Creme auf den Tisch. Und für Nele kochte er auch noch extra einen heißen Kakao. Mit zwei Topflappen nahm er den Topf mit der heißen Milch vom Herd und rührte nun das Kakaopulver ein. Anschließend füllte er die Mischung in eine Tasse und stellte sie neben Neles Teller. Das Mädchen trank vorsichtig einen kräftigen Schluck.

„Papa, wo ist Mama eigentlich?", wollte Nele wissen.

„Sie musste gestern Abend noch den Opa besuchen, er hat angerufen", erklärte Oliver.

„Und wo ist sie jetzt?", bohrte Nele weiter.

„Ich weiß es nicht, vielleicht ist sie noch bei Opa, aber sie kommt sicher gleich nach Hause", versuchte Oliver seine Tochter zu besänftigen. Aber auch er begann langsam, sich Sorgen um Nicola zu machen.

Es war kälter geworden in Kaltensee. Nicola fühlte Wolfgangs Puls und lauschte seinen Atemgeräuschen. Sein Puls war schwach – aber vorhanden. Mit von der Kälte steifen Fingern holte sie ihr Handy aus ihrer Manteltasche hervor und rief damit einen Krankenwagen.

Der Leitstelle erklärte sie mit knappen, sachlichen Worten, in welchem Zustand sich der Verletzte befand, und die Stimme am anderen Ende der Leitung erwiderte daraufhin, dass sie sofort einen Krankenwagen schicken würde. Nicola legte auf und wartete. Die Minuten erschienen endlos, doch endlich traf der Krankenwagen ein. Der Notarzt legte Wolfgang sofort eine Infusion mit Ringerlösung.

„Wir fahren sofort mit ihm in die Südstadtklinik, er hat sehr viel Blut verloren und ist ohne Bewusstsein", erklärte der Notarzt, an Nicola gewandt.

Nachdem Nicola sich vergewissert hatte, dass sie mitfahren durfte, stieg sie hinten in den Krankenwagen ein. Dann erst wollte sie Oliver anrufen. Nach einer kurzen Überlegung steckte sie ihr Handy wieder in die Tasche. Um diese Uhrzeit würde sie nur Nele aufwecken. Also beschloss sie erstmal bei Wolfgang zu bleiben, um die Nacht abzuwarten.

Nele war gerade mit dem Essen fertig geworden, als Olivers Handy klingelte; er sah, dass es Nicola war.

„Da meldet Mama sich endlich, Schätzchen. Möchtest du noch etwas essen?", fragte Oliver.

„Nein", schüttelte Nele lächelnd den Kopf, während Oliver das Gespräch entgegen nahm.

„Hallo Nicola, sag mal, wo bleibst du denn? Nele und ich, wir erwarten dich schon sehnsüchtig", eröffnete er das Gespräch.

Nicola zögerte und räusperte sich einige Male, ehe sie antwortete: „Dein Vater wollte doch mit mir sprechen – am See. Er hat mit erzählt, dass deine Mutter die Scheidung möchte und dabei ist ihm auch das Zerwürfnis mit Margo wieder eingefallen. Schlussendlich ist ihm klargeworden, dass er offenbar in seinem Leben nichts auf die Reihe bekommen hat", versuchte Nicola, ihrem Ex-Mann die Situation zu erklären, „ich … ich habe mich nur kurz umgedreht… und in diesem Moment muss er sich wohl mit einer Rasierklinge die Pulsadern aufgeritzt haben. Jedenfalls habe ich nachher eine blutige Klinge im Gras gefunden. Ich habe ihm meinen Schal um die Unterarme gebunden, um den Blutfluss zu stoppen, bis der

Krankenwagen eintraf. Jetzt sind wir in der Südstadtklinik...", schloss sie ihren Bericht.

„Was?!", war Oliver hörbar entsetzt. „Das kann nicht sein! Wie geht es ihm? Lebt er? Was sagen die Ärzte?", sprudelte es jetzt aus ihm heraus.

„Es sieht nicht gut aus. Seine Vitalfunktionen sind im Keller. Ich habe verlangt, dass dein Vater von Professor Möbius behandelt wird. Professor Thomsen hat gekündigt, wie dein Vater kürzlich erzählt hat."

„Ok, ich rufe jetzt meine Mutter an, sie soll herkommen!", bestimmte Oliver, „ich muss wissen, was genau vorgefallen ist. Außerdem freut sich Nele auch auf ihre Oma, nehme ich an", während er zu seiner Tochter blickte, die mit aufgerissenen Augen und erschrockenem Gesicht dem Telefonat lauschte. Als sie hörte, dass Cosima-Mathilde kommen würde, nickte sie heftig, als wollte das Mädchen die Worte ihres Vaters bestätigen.

Oliver bat Nicola noch: „Was meinen Valter angeht - halte mich bitte auf dem Laufenden, ja?" und beendete das Telefonat. Seine Finger flitzten über die Tasten – die Handynummer seiner Mutter kannte er auswendig und war im Wählen noch immer schneller, als wenn er im Telefonbuch blätterte. Doch es ertönte nur das Besetztzeichen.

„Warum willst du Oma unbedingt anrufen?", wollte Nele wissen.

„Weißt du, Opa ist krank und die Mama ist mit ihm im Krankenhaus, deshalb möchte ich Oma anrufen und ihr erzählen was los ist".

„Wird Opa wieder gesund?"

„Ja, die Ärzte werden ihm bestimmt helfen."

Wolfgang war von den Sanitätern durchgehend weiter beatmet worden, anschließend hatte Prof. Dr. Dr. Möbius seine Schnittverletzungen an den Armen mit Druckverbänden versorgt. Die Blutungen waren endlich gestoppt!

Schwester Stephanie pumpte währenddessen weiter den Beatmungsbeutel. Wolfgang war natürlich sofort an Monitore angeschlossen worden – schon im Krankenwagen, um seine Vitalfunktionen ständig und akribisch überwachen zu können. Langsam verbesserten sich Wolfgangs Atmung und seine Vitalfunktionen wieder, jetzt blinzelte er sogar und öffnete schließlich benommen die Augen.

„Da bist du ja wieder!", entfuhr es Nicola erleichtert.

Wolfgang presste die Lippen aufeinander und schwieg. Dann entfuhr ihm mit finsterer Miene: „Du hast mich gerettet?!"

„Ja - denn das ist mein Job als Ärztin. Und außerdem hätte jeder andere das auch getan", erwiderte Nicola ruhig.

Wolfgang schwieg wieder und blickte aus dem Fenster. Dann wandte er sich wieder Nicola zu und sagte: „Das war nur eine Kurzschlusshandlung. Weißt du, Nicola, ich habe mich einfach völlig alleine gefühlt, ohne Cosima-Mathilde. Mir war, als sei ich in einem Tunnel – in einem Nebelschleier", erklärte er.

„Wir sollten doch zusammen wohnen", sagte Nicola plötzlich, „am besten wäre, du ziehst bei mir ein, denn dort sind bereits alle Geräte für Nele, das ist weniger aufwendig, und ich habe ein großes Gästezimmer", schlug sie vor.

Ein leichtes Lächeln stahl sich nun in Wolfgangs Mundwinkel: „Gerne, mein Angebot steht noch – nach wie vor. Mich würde es sehr freuen. Lass uns doch am besten heute Abend alle gemeinsam essen gehen, du, Nele, Oliver und ich", schlug Wolfgang vor.

„Warum nicht. Vielleicht hast du Recht. Schlechter kann unser Verhältnis wohl kaum werden", scherzte Nicola lächelnd.

Auch Wolfgang musste lächeln: „Wie recht du hast."

„Wenn ich vielleicht auch einmal etwas sagen dürfte", mischte sich der Professor ein, „heute Abend wirst du ganz bestimmt nicht essen gehen, mein Freund, aber ich lasse dir hier etwas Leckeres servieren. Und dann hätte ich gerne gewusst, was dich zu solchen Taten treibt? Ich werde dir jetzt erst einmal ein Zimmer fertig machen lassen und Sie, Frau Dr. Voss, gehen nach Hause und ruhen sich bitte etwas aus."

Olivers Handy klingelte. „Hallo Mutter", nahm er das Gespräch entgegen.

„Entschuldige bitte, ich habe deinen Anruf erst jetzt gesehen, Vladi und ich haben gefrühstückt, und danach waren wir im Whirlpool", meinte Cosima-Mathilde, „was gibt es denn?"

„Ich würde mich freuen, wenn du mich so gegen Mittag besuchen würdest – also Nele und mich, wobei ich gerade in Nicolas Villa bin", schlug Oliver vor.

„Gerne, wäre es in Ordnung, wenn ich noch jemanden mitbringe?", fragte sie.

Oliver zögerte kurz. „In Ordnung", erwiderte er schließlich, doch seine Stimme klang wenig begeistert.

„Bedrückt dich etwas?", fragte Cosima-Mathilde wachsam.

„Ja, aber das würde ich gerne mit dir von Angesicht zu Angesicht besprechen", wehrte Oliver ab, „kommst du dann zu Nicolas Villa?"

„Sicher. Wir sind um 12 Uhr da", antwortete Olivers Mutter freudig.

„Ja, bis dann", Oliver legte auf.

Nele sah ihn erwartungsvoll an. „Papa, was hat Omi gesagt?", wollte sie aufgeregt wissen.

„Sie besucht uns um 12 Uhr", erklärte Oliver, „jetzt müssen wir uns nur noch überlegen, was wir kochen. Hilfst du mir dabei?"

„Oh ja! Darf ich mit dir kochen, Papa? Aber keine Nudeln!", bat Nele.

Oliver wurde nachdenklich. Seit Nele sich unter Ellens Aufsicht am Nudelwasser verbrannt hatte, vermied sie es, Nudeln zu essen. Auch Nicola hatte ihm das schon einige Male erzählt. „Ich kann dir auch Reis kochen, du muss nicht mit mir am heißen Wasser kochen, du kannst zum Beispiel den Salat mischen und würzen", schlug Oliver vor.

„Super, Papa! Das macht Spaß!", rief Nele.

Oliver wusch gemeinsam mit Nele den Kopfsalat. Dann durfte Nele Essig, Öl, Salz, Pfeffer und ein bisschen Leitungswasser in eine Glasschüssel geben. Die Zutaten verrührte das Mädchen kräftig mit einem Esslöffel und kostete anschließend ihre Salatsoße mit einem Teelöffel.

„Und? Wie schmeckt dir deine Soße?", wollte Oliver wissen.

„Ein bisschen zu sauer", fand Nele.

Oliver nahm ebenfalls einen Teelöffel aus der Schublade und probierte.

„Stimmt, du hast Recht, da müssen wir noch eine Prise Zucker dazugeben", entschied er, und Nele gab den Zucker hinein. Sie verrührte das Ganze wieder. Anschließend kosteten beide noch einmal die Soße und entschieden gemeinsam, dass sie so hervorragend schmeckte.

Cosima-Mathilde hatte sich heute besonders schick gemacht – für Vladimir und natürlich für ihren Sohn Oliver. Sie trug eine himmelblaue Bluse, die am Kragen mit silbernen Pailletten besetzt war, und eine weiße Hose. Dazu passend hatte sie weiße Schuhe gewählt, während Vladimir sich für eine schwarze Hose, schwarze Schuhe und ein lachsfarbenes Hemd entschieden hatte. Cosima-Mathilde hatte über zwei Stunden gebraucht, um sich in Schale zu werfen.

„Können wir gehen?", fragte sie, an Vladimir gewandt. Lächelnd trat sie hinter ihn, legte ihm ihren Arm um die Schulter und küsste seine Nackenhaare.

„Aber natürlich, Cara."

Cara war sein Kosename für sie, und die Aussprache, gepaart mit dem russischen Akzent, war einfach unglaublich verführerisch, fand Cosima-Mathilde. Er bot ihr galant den Arm und sie hakte sich bei ihm unter. Sie fuhren los.

Wolfgang lag in seinem Krankenhausbett und lächelte Nicola leicht an. Sie öffnete ihre Hand-tasche und holte einen Hausschlüssel hervor.

„Das ist mein Zweitschlüssel, ich habe ihn vor einem Jahr anfertigen lassen, falls der eigentliche Schlüssel einmal verloren gehen sollte. Ich gebe ihn dir jetzt schon… Ich finde es besser, wenn du zu mir ziehen würdest, weil dort die nötigen Geräte vor Ort sind", Nicola lächelte ihn an, etwas Triumphierendes lag in ihrem Blick. Sie hielt ihm den Schlüssel entgegen.

„Das freut mich sehr. Vielleicht ist das so etwas wie ein Neuanfang für uns; ich finde, diese Chance sollten wir nutzen und das Beste daraus machen", erklärte Wolfgang.

„Ja, dass sollten wir tun. Und für Nele ist es ohnehin gut, wenn sie immer eine vertraute Person um sich hat", betonte Nicola.

„In diesem Punkt stimme ich vollkommen mit dir überein", erklärte Wolfgang, „könntest du bitte zu mir nach Hause fahren, einige

Sachen von mir packen, und diese dann schon einmal in deinem Gästezimmer unterbringen, bis ich hier endlich entlassen werde?", bat Wolfgang und streckte ihr im Gegenzug seinen Hausschlüssel entgegen.

„Natürlich, sehr gerne", erklärte Nicola mit einem Lächeln im Gesicht und nahm das Tauschgeschäft an.

Da betrat Schwester Viktoria das Zimmer: „Herr Dr. Bergmann Senior, ich soll Sie abholen und zu unserem Klinikpsychologen bringen. Das ist eine Anweisung von Professor Dr. Dr. Möbius", erklärte sie, um gleich jeden Widerspruch im Keim zu ersticken.

Wolfgang brummte etwas Unverständliches, das Schwester Viktoria nicht verstand, und hakte sich dann mit einem mürrischen Gesichtsausdruck bei ihr unter.

Um Punkt 12 Uhr klingelte es an der Haustür. Oliver öffnete.

„Hallo Mama", Oliver umarmte seine Mutter herzlich und gab ihr zwei Küsse auf die Wange – einen links, den anderen rechts.

„Hallo, mein Sohn, schön dich zu sehen", Cosima-Mathilde umarmte ihren Sohn und grüßte ihn mit der gewohnten Herzlichkeit.

„Hallo", sagte Oliver knapp und reichte Vladimir die Hand, dann schlug er vor: „Gehen wir doch ins Esszimmer."

Sie nahmen am gedeckten Esstisch Platz.

„Nele, bist du heute nicht in der Schule?", wunderte sich Cosima-Mathilde.

„Nein, ich bin sehr krank, Oma, deshalb kommt jetzt immer ein Lehrer hierher", erklärte Nele.

„Sie hat eine lebensbedrohliche Stoffwechselerkrankung – genetisch bedingt", erklärte Oliver, „deshalb wird sie wohl Privatunterricht erhalten."

„Wenn das ein Trick sein soll, um mich wieder nach Hause zu holen, dann richte deinem Vater aus, dass ist ein ganz schlechter Plan. Nele und lebensbedrohlich krank, so ein Quatsch! Komm Vladi, wir gehen", Cosima-Mathilde erhob sich und nahm die Hand ihres neuen Lebensgefährten, um ihn zur Tür zu ziehen.

Oliver war zunächst sprachlos, dann brüllte er los: „Dieser Mann hat dir wirklich das Gehirn vernebelt, das ist unfassbar!"

Nele blickte angstvoll von einem zum anderen. Panik stieg in ihr hoch; sie verstand das alles nicht – und plötzlich bekam sie einen furchtbaren Erstickungsanfall; sie hustete und würgte. Mit wenigen Schritten hastete Oliver zum Inhalator und schaltete das Gerät sofort ein. Nur sehr langsam regulierte sich Neles Atmung wieder. Er hockte sich neben Nele, um sie zu beruhigen.

„Tolle Show!", rief Cosima-Mathilde, während sie an der Tür stehen blieb.

Oliver hob Nele auf den Arm und trug sie hinüber zur Couch. Er erlaubte ihr, einen Zeichentrick-Film zu sehen. Dann ging er zu seiner Mutter und ihrem Liebhaber zurück und zischte ihr leise zu: „Vater hat versucht, sich umzubringen!"

In Cosima-Mathildes Gesicht war keine Regung zu erkennen. „Das wird ja immer abstruser, du hast vielleicht Fantasien, mein Sohn, das höre ich mir nicht länger an. Vladi, wir gehen", Cosima-Mathilde zog ihn mit sich und ließ die Tür laut knallend hinter sich ins Schloss fallen.

Oliver schüttelte nur den Kopf; unfassbar, wie blind die Liebe machen konnte, dachte er. Wie betäubt, schritt er hinüber zu seiner Tochter. Minutenlang saß er dann neben Nele und starrte auf den Bildschirm, ohne wirklich etwas zu sehen. Plötzlich stand Nicola im Türrahmen.

„Was machst du denn hier?", fragte Oliver, völlig aus seinen Gedanken gerissen, und erhob sich. Nele lief freudig auf ihre Mutter zu und umschlang Nicola mit den Armen.

„Dein Vater hat mich gebeten, ihm einige Sachen zu holen, und da dachte ich, ich schaue auch gleich einmal hier vorbei. Was war los?", fragte Nicola mit ihrem scharfen Beobachtungssinn. Oliver dirigierte Nicola in die Küche, während Nele wieder vor dem Fernseher Platz nahm.

„Mutter glaubt weder, dass Nele krank ist, noch dass Vater sich umbringen wollte. Ich hätte abstruse Fantasien, sagt sie. Dieser Vladimir hat ihr so sehr das Gehirn vernebelt, das ist nicht mehr normal", berichtete Oliver.

Nicola zog ihn in ihre Arme und hielt ihn ganz fest. Sanft drückte sie ihren Kopf an seinen.

„Und mein Vater, was war los? Was sagen die Ärzte?", wollte Oliver wissen.

Leise und ruhig erzählte Nicola ihm, was vor-gefallen war und wie die Ärzte seinen Vater nun behandeln wollten. Danach küsste sie ihn sanft, und in diesem Moment war er einfach nur unendlich froh, dass es sie gab.

Plötzlich hustete Nele. Nicola und Oliver fuhren auseinander, gingen ins Wohnzimmer, erkannten dann aber, dass ihre Tochter sich nur leicht verschluckt hatte. Sanft umarmten sie sich wieder und verharrten einen Moment in der Position, dann zogen sie auch Nele noch in ihre Arme, und die kleine Familie schien für einen Augenblick perfekt.

Anschließend fuhr Oliver zum Spätdienst in die Klinik. Sie hatten mit Professor Möbius telefonisch ausgemacht, dass Oliver den Spätdienst übernehmen würde, bis Wolfgang wieder voll einsatzfähig war, so dass zunächst Nicola zu Hause bei Nele bleiben konnte.

Der Spätdienst verlief weitgehend ruhig, es waren zwei Kinder mit leichten Verbrennungen eingeliefert worden.

„Wie kam es zu den Verbrennungen?", fragte Dr. Oliver Bergmann die Mutter der Zwillinge.

„Sie haben sich am Grill verbrannt. Ich habe nur einen Moment nicht hingesehen", berichtete die besorgte Mutter.

„Wie heißt ihr denn?", wandte sich Dr. Bergmann an die beiden.

„Ich heiße Mia und das ist meine Schwester Mila", sprach das Mädchen für beide.

Er musste unwillkürlich an Margo denken. Seit sie von Nicola ausgeschabt worden war - das war ungefähr vor fünf Monaten gewesen - hatte sie sich nicht mehr gemeldet. Ob es ihr gut ging, auf der Straße? Neulich hatte er einen Bericht über die Drogenszene und die Straße im Fernsehen gesehen, die Zustände dort waren mehr als katastrophal, menschenunwürdig und bei weitem nicht als hygienisch zu bezeichnen. Dr. Bergmann zwang sich, seine Gedanken wieder auf das Hier und Jetzt zu fokussieren – auf die beiden Mädchen mit den Verbrennungen.

„Unsere Arme tun uns weh", sagten Mia und Mila beinahe gleichzeitig.

„Ich muss eure Pulloverärmel leider aufschneiden, ist das in Ordnung, Frau…?", begann Dr. Bergmann.

„Steiner, Elvira Steiner. Natürlich ist das in Ordnung."

Oliver nahm eine Schere und trennte die Ärmel auf.

„Es sieht so aus, als könnte ich die Wunde desinfizieren und verbinden, es ist bei beiden nur eine leichte Verbrennung. Die Wundauflage müssten Sie dann jeden zweiten Tag wechseln. Ich denke, Sie können die Wunden dann auch von Ihrem Hausarzt kontrollieren lassen, dazu müssen Sie nicht noch einmal extra hierherkommen", sagte Dr. Bergmann.

Nach der Wundversorgung verabschiedete er die Familie, die sich bedankte. Dieser Notfall sollte für heute zum Glück der einzige bleiben.

Am nächsten Morgen, als Oliver zu Nicola nach Hause kam, hörte er schon von der Haustür aus das laute Brummen des Inhalators – kein gutes Zeichen.

„Hallo, meine beiden, was ist denn los?", fragte Oliver besorgt beim Eintreten. Nicola sah erschöpft aus, wie er fand.

„Hey, Nele hatte die ganze Nacht immer mal wieder Erstickungsanfälle; sie hat so furchtbar gewürgt und keine Luft mehr bekommen, nach der ersten Inhalation wurde es kaum besser und sie war so blau im Gesicht, als hätte ich sie mit dem Inhalator stranguliert. Ich habe dreimal mit ihr inhaliert und sie war trotzdem nur noch am Würgen, sie hat geschrien, geweint und sich gewunden, als ich wieder mit ihr inhalieren wollte. Das ist ja auch eine Tortur für so ein Kind", Nicola schüttelte den Kopf und atmete aus, „aber mittlerweile geht es ihr wieder besser." Dann erkundigte sie sich schließlich: „Und wie war deine Nacht so?"

„Nichts Besonderes. Gestern am frühen Abend wurden Zwillinge mit Verbrennungen ein-geliefert", erklärte er. „Und noch einige Patienten mit kleineren bis mittelschweren Blessuren."

„Das Übliche also", stellte Nicola matt fest.

„Genau. Ich habe eine Idee, wie wäre es, wenn wir drei jetzt ein wenig spazieren gehen, vielleicht erst in einen Erholungspark und dann zu Opa ins Krankenhaus", schlug Oliver vor.

„Das ist eine gute Idee", fand Nicola, „ ich bin zwar hundemüde, aber ein bisschen frische Luft wird und allen sicher gut tun."

Nachdem die Inhalation beendet war, nickte auch Nele zustimmend: „Das ist super, Papa!" Oliver sterilisierte die Teile des Inhalators und räumte alles wieder sorgfältig weg.

Kapitel 7

Es waren zwei Tage vergangen. Auch heute waren Oliver, Nicola und Nele wieder nach Olivers Dienst zuerst in den Erholungspark und dann zu Wolfgang ins Krankenhaus gefahren; so hatten sie es in den letzten Tagen immer gemacht. Im Park zwitscherten die Vögel und Nele mochte dieses Geräusch sehr. Nicola und Oliver konnten sich für einige Stunden einbilden, sie hätten ein gesundes Kind. Neles Erstickungsanfälle waren in den letzten zwei Tagen glücklicherweise wieder etwas zurückgegangen. Im Park duftete es nach frisch gemähtem Gras. Nele hatte kräftig geschnuppert und dann gesagt, „Mama, Papa, das riecht sooo gut", und dabei hatte sie so unbeschwert gelächelt.

„Das ist schön, mein Schatz. Wollen wir jetzt den Opa besuchen?", fragte Oliver.

„Oh ja, unbedingt!", freute sich Nele, und sie fuhren ins Krankenhaus.

Wolfgang war gerade im Gespräch mit Professor Dr. Dr. Möbius. Wolfgang hatte das Kopfteil seines Bettes hochgefahren. Er trug einen Jogginganzug.

„Wolfgang, du hast meine Frage noch nicht beantwortet. Immer weichst du mir aus: Was treibt dich zu solchen Taten?", wollte Professor Dr. Dr. Möbius wissen.

„Also schön. Meine Ehe ist in die Brüche gegangen! Cosima-Mathilde hat mich verlassen! Von diesem Tag an war irgendwie nichts mehr wie vorher in meinem Leben. Ich habe das wichtigste verloren, was ich hatte: Cosima-Mathilde. Ich sah einfach keine Perspektive mehr in meinem Leben, ich habe solange mit Cosima-Mathilde zusammengelebt, dass ich als Mensch das Gefühl habe, überhaupt nicht mehr ohne sie zurechtzukommen", sprudelte es endlich aus Wolfgang heraus. Es tat gut, sich seinem Freund anzuvertrauen, das spürte er plötzlich.

„Ich verstehe, was du meinst. Nach der Trennung von meiner Jugendliebe erging es mir genauso", zeigte Professor Möbius Verständnis, „weißt du, was ich damals gemacht habe? Ich habe mich voll und ganz auf meine Karriere konzentriert und bin nach Amerika gegangen, um dort meinen Doktor zu machen – meine Jugendliebe habe ich seither nie wiedergesehen..." er machte eine kurze Pause, „was ich damit sagen will, ist, das war das Beste, was ich hätte tun können. Wahrscheinlich hat meine Jugendliebe BWL studiert und ein riesiges Unternehmen mit Filialen auf der ganzen Welt gegründet – das war zumindest damals ihr Traum, davon hat sie mir immer vorgeschwärmt. Meine Entscheidung, Medizin zu studieren, war die beste Entscheidung, die ich hätte treffen können. Am Anfang war es verdammt schwer ohne Kira... sie hat mir einen Glückspfennig als Erinnerungsstück an sie und unsere Zeit mitgegeben. Ich habe ihn lange Zeit nach unserem Abschied zu einem Juwelier gebracht, ihn in Gold einfassen und mit einer Goldkette versehen lassen. Sollte ich Kira jemals wiedersehen, werde ich ihr diese Kette überreichen. Dreißig Jahre haben wir uns jetzt nicht mehr gesehen. Das ist eine sehr lange Zeit", erklärte Professor Dr. Dr. Möbius, und Wolfgang spürte, dass ihn dieser Abschied irgendwo tief im Herzen noch immer belastete.

Doch der Moment dieser Intimität, die ihm sein Freund für einen kurzen Augenblick gewährt hatte, war schon verflogen. Professor Dr. Dr. Möbius erhob sich und sagte aufgeräumt: „Ich denke, Wolfgang, du bist nicht mehr gefährdet. Ich bin nun überzeugt, dass dein Handeln eine Kurzschlussreaktion war, aber du solltest dir dringend eine neue Aufgabe zulegen. Zum Beispiel auf Nele aufpassen. Das ist nicht mein ärztlicher Rat an dich, sondern mein Rat als dein Freund. Und noch ein Rat von mir an dich, ebenfalls als dein Freund: Komme mit Cosima-Mathilde ins Reine, nicht heute – nicht morgen, aber irgendwann, wenn du dazu bereit bist;

denn sonst wirst du es dein Leben lang bereuen... so wie ich, bei Kira!"

Wolfgang grinste: „Und was ist dein Rat als Arzt?"

„Normalerweise empfehle ich meinen Patienten mit Suizidhintergrund, eine Psychotherapie zu machen. Aber ich stelle dir frei, ob du tatsächlich eine solche Therapie besuchen solltest, da ich der Ansicht bin, dass du, wenn du wieder eine Aufgabe hast und mit allem ins Reine gekommen bist, keinen zweiten Versuch mehr wagen wirst. Ich werde dann deine Entlassungspapiere fertig machen", gab ihm Professor Dr. Dr. Möbius zur Antwort.

„Danke, du hast mir sehr geholfen, Conrad!"

In diesem Moment klopfte es zaghaft an der Tür des Krankenzimmers.

„Herein!", tönte Wolfgang, und Nele, Nicola und Oliver traten ein.

„Hallo, schön euch zu sehen!", rief Wolfgang.

„Oh, wenn du gerade im Gespräch mit...", begann Oliver.

„Nein, nein, wir waren gerade fertig, ich kann heute entlassen werden und werde eine Therapie machen", erklärte Wolfgang.

„Das ist ja super!", freute sich Nicola, „wir haben deine Sachen auch schon in meine Wohnung gebracht, du kannst sofort einziehen."

Somit fuhr Wolfgang mit ihnen nach Hause. Zunächst war er sehr müde gewesen und hatte sich im Gästezimmer erst einmal hingelegt. Wie ausgemacht, würde er sich jedoch von nun an um Nele kümmern, während Oliver und Nicola wieder Vollzeit arbeiten würden.

Stefan und Katharina waren schon die ganze Zeit – seit ungefähr 4:30 Uhr in der Früh - auf den Beinen. Zuerst hatte Luisa einen leichten Erstickungsanfall gehabt und Katharina war gleich wach geworden und hatte sofort mit ihr inhaliert. Luisas Atmung hatte sich daraufhin wieder verbessert und das Mädchen war dann ziemlich schnell wieder eingeschlafen. Kurze Zeit später war auch Stefan aufgewacht, weil er im Stall Geräusche gehört hatte – das laute Brummen und Piepen des Inhalators vorher hatte er hingegen nicht wahrgenommen. Er weckte Katharina. Nach einem Blick auf ihre schlafende Tochter hatte Katharina sich vergewissert, dass der Fühler korrekt an Luisas Brust angebracht war. Sie hatten alle Türen offen gelassen - Luisa war natürlich warm eingepackt und zugedeckt worden – so konnte Katharina sich sicher sein, den Alarm auch im Stall zu hören. Das schrille Piepen war laut genug; es konnte sogar Menschen aus dem Tiefschlaf reißen.

Im Stall angekommen, trafen sie gleich auf Ruth, die an der Wand von Coronas Box lehnte. Ihre Haare waren schweißnass, sie trug ein feuchtes Spaghetti-Träger-Top in rosa, das ihr viel zu eng war, und eine braune Reiterhose mit Reitstiefeln. Ruth sah erschöpft aus.

„Was ist passiert?", fragten Katharina und Stefan.

Silvio stand Ruth gegenüber an der anderen Seite der Wand, er war vollkommen locker – eine Pferdegeburt hatte er schon sehr oft miterlebt. „Corona hat Wehen, das Fohlen kommt jeden Moment", beantwortete Silvio die Frage der beiden.

Da waren auch schon die Vorderbeine und der Kopf des Fohlens zu sehen, alle packten mit an, um das Tier auf die Welt zu holen – Silvio und Ruth arbeiteten zusammen, und zu viert schafften sie es schließlich, dem Fohlen auf die Welt zu helfen. Es versuchte einige Stehversuche und fiel zweimal wieder um, ehe es stehen blieb.

Stefan rief sofort den Tierarzt. Dieser war schon öfter für die Familie tätig gewesen und kannte sie und die Pferde sehr gut. Er wohnte nur wenige Häuser entfernt, so dass er innerhalb von einer Viertelstunde vor Ort war. Er untersuchte sowohl die Stute als auch das Fohlen gründlich und stellte fest, dass beide etwas erschöpft, aber wohlauf und kerngesund waren. Es sei jedoch besser, wenn für eine Nacht jemand bei dem Fohlen im Stall blieb, hatte er gesagt. Danach verabschiedete er sich wieder und wünschte eine schöne Zeit.

„Ich bleibe bei dem Fohlen", erklärte Silvio.

„Ich auch", fügte Ruth sogleich hinzu.

„Gut, dann gehen wir jetzt wieder zu Luisa", sagten Stefan und Katharina wie aus einem Munde und schlossen die Türen hinter sich.

Ruth und Silvio blieben im Stall zurück. Das Fohlen war im Heu eingeschlafen. Ruth schloss die Augen und ließ sich an der Wand der Box hinab ins Heu sinken. Silvio beobachtete sie besorgt: „Ist alles in Ordnung mit dir?"

„Ich bin so furchtbar müde und erschöpft, außerdem spielt mein Kreislauf gerade verrückt – mir ist irgendwie ein bisschen schwindelig", gestand Ruth. Sie war kaum zu verstehen, da sie sich nur noch in halbwachem Zustand befand.

Silvio ging zu ihr hinüber und setzte sich neben sie ins Stroh, anschließend zog er seine Jacke aus – das Fohlen hatte er dabei immer im Blick.

„Leg deinen Kopf auf meine Knie, Ruth", meinte er. Sie tat, was er gesagt hatte, ohne ihm zu antworten. Vorsichtig breitete er seine Jacke über ihrem Körper aus. Schon fast im Schlaf murmelte Ruth: „Es tut so gut, dass du da bist, Silvio. Bitte geh nicht weg", nuschelte sie.

„Wenn du willst, bleibe ich für immer bei dir – du musst es nur sagen – oder mir sonstige Signale senden", antwortete Silvio leise - aber Ruth hatte ihn nicht mehr gehört, sie war schon eingeschlafen. Zärtlich streichelte er über ihr Haar.

Am Morgen hatte Wolfgang ausgiebig geduscht, dann hatte er mit Nele inhaliert und anschließend die Brötchen fürs Frühstück geholt. Sogar Kaffee hatte er gekocht, wobei es für Nele natürlich Kakao gab. Heute trat auch Nicola ihren Dienst wieder an, allerdings nur bis zum Mittag.

„Guten Morgen", grüßte Wolfgang.

„Guten Morgen, erwiderten sie.

„Wolfgang, es ist unglaublich nett, dass du mit uns Frühstücken willst, aber Oliver und ich haben unsere Schichten getauscht, das heißt, wir sind spätestens bis heute Mittag wieder hier", erklärte Nicola. „Lass uns doch heute Mittag oder heute Abend gemeinsam essen", schlug sie deshalb vor.

„Gute Idee", fand Wolfgang.

„Ach so, Wolfgang, könntest du bitte noch mit Nele inhalieren?", bat Nicola ihn.

„Ich habe es bereits ganz früh heute Morgen gemacht. Aber klar, ich achte auch den ganzen Tag über auf regelmäßige Inhalation!", versicherte Wolfgang. Dann fügte er fast schüchtern hinzu: „Ich freue mich sehr, dass wir uns jetzt wieder so gut verstehen, Nicola."

„Ich mich auch", erwiderte Nicola.

Und dann hörte Wolfgang nur noch, wie die Tür hinter Nicola und Oliver ins Schloss fiel. Nele zog ihren Opa ins Kinderzimmer, wo er einen verspielten Vormittag mit seiner Enkelin verbrachte.

In der Klinik war so gut wie nichts los, wieder nur einige kleine Blessuren und eine Mammografie, die Nicola durchgeführt hatte. Und so konnten Nicola und Oliver in ihrer Dienstzeit Dinge tun, zu denen man als Arzt meist nur sehr selten kam, zum Beispiel Akten sortieren, Papierkram erledigen und dergleichen Dinge. Als ihre

Schicht beendet war, tranken sie noch einen Kaffee und durften anschließend wieder nach Hause gehen.

Hier trafen sie auf Wolfgang, der fleißig mit Nele spielte.

„Wie war euer Tag?", fragte er, und erhob sich ein wenig mühsam vom Fußboden des Kinder-zimmers.

„Es war sehr ruhig, wir hatten kaum Patienten und haben dann eben den üblichen, anfallenden Papierkrieg und so erledigt", erzählte Oliver.

„Und bei euch?", wollte Nicola nun wissen.

„Wir hatten ganz viel Spaß!" mischte sich die Kleine ins Gespräch ein, „erst musste ich inhalieren und dann haben wir in meinem Zimmer mit Puppen gespielt."

„Das ist doch schön!", freute Nicola sich mit ihrer Tochter.

Mit den Worten „Ich muss mal kurz telefonieren", verabschiedete Nicola sich kurz und ging ins Wohnzimmer. Sie schloss die Tür hinter sich und wählte Stefans Nummer. Nach dem dritten Klingeln hob er ab.

„Hallo, Nicola, schön dich zu hören", begrüßte er sie.

„Hallo, Stefan, ich wollte einfach einmal hören, was es bei euch Neues zu berichten gibt, und ich wollte fragen, wie es Luisa geht?", erkundigte sich Nicola gespannt.

Stefan stöhnte: „Du hast einen sechsten Sinn, wie? Gerade ist hier der Teufel los! Luisa hatte heute Nacht um halb fünf einen leichten Erstickungsanfall. Ich habe das gar nicht mitbekommen, aber Katharina hat sofort mit ihr inhaliert. Ich bin dafür kurze Zeit später wach geworden und wir sind dann in den Stall gegangen. Heute Nacht ist ein Fohlen geboren worden! Zusammen mit Ruth, das ist unsere Reitlehrerin, und Silvio, unserem Stallmeister, haben Katharina und ich dem Fohlen dann auf die Welt geholfen! Solche Momente sind in den letzten Jahren seltener geworden – aber sie sind zweifellos immer noch etwas ganz, ganz Besonderes", schwärmte Stefan.

Sein Gesicht erschien vor Nicolas innerem Auge – sie konnte das Strahlen seiner Augen förmlich vor sich sehen. „Das kann ich mir sehr gut vor-stellen", erwiderte sie. Sie hatte zwar noch keine Tiergeburten miterlebt, aber als Ärztin selbstverständlich schon mehrfach dem faszinierende Erlebnis beigewohnt, wenn ein Mensch das Licht der Welt erblickt – tatsächlich war dies immer wieder ein ergreifender Moment!

Dann schlug sie vor: „Wie wäre es, wenn wir uns mit unseren Kindern am Wochenende treffen. Ich arbeite jetzt wieder, Neles Opa kümmert sich während unserer Arbeitszeit um sie. Du hast Wolfgang ja im Krankenhaus auch getroffen"

„Super! Das freut mich! Das wäre toll, am besten, ihr kommt zu uns auf den Hof, Nele freut sich bestimmt sehr. Dann könnt ihr auch das kleine Fohlen sehen! Das muss ich sofort Katharina erzählen…", begann Stefan, da hörte Nicola das piepende Geräusch, wenn sich der Fühler löst, und für einen kurzen Moment fuhr sie erschrocken herum. Aber das Piepen kam nicht von Nele.

„Luisa geht es gar nicht gut, ich muss auflegen… bis dann", hörte sie Stefan, dann war nur noch das Tuten der Telefonleitung zu hören. Daher war das Geräusch also gekommen.

„Bis dann, Stefan", flüsterte Nicola und legte langsam das Telefon aus der Hand.

Dann begann sie, das Mittagessen zuzubereiten. Es gab selbst pürierte Gemüsesuppe mit Kürbis und gerösteten Sonnenblumenkernen.

Sie fühlte sich schrecklich – warum hatte sie sich nach der Ausschabung nur wieder auf Jimmy eingelassen? Es war nur eine

Nacht gewesen – danach hatte er ihr gesagt, dass er sie für immer verlassen müsse. Und wirklich hatte sie ihn seit dem Morgen danach nie mehr wiedergesehen. Vor vier Monaten war das gewesen. Jetzt würde sie mit dem „Andenken", das er ihr hinterlassen hatte, zurechtkommen müssen. Es sollte leben und gute Zukunftschancen haben, das wollte sie garantieren! Aber bei ihr konnte es das nicht! Sie konnte nicht das leisten, was es brauchen würde, sobald es da sein würde. Deshalb entschloss sie sich nach Tagen und Nächten voller Zweifel und Überlegen endlich, sich auf den Weg zu ihm zu machen. Leicht fiel ihr dieser Gang nicht, immerhin hatte er sie damals herausgeworfen. Aber sie wusste, er würde ihr in dieser Situation helfen. Sie war felsenfest überzeugt, dass er noch einen kleinen Funken Vatergefühle für sie hegte. Er würde dafür sorgen, dass es diesem „Andenken" gut ging – für immer, da war sie sich sicher.

Doch das gestaltete sich schwieriger, als sie gedacht hatte. Die Türen ihres Zuhauses waren verschlossen. Auf ihr Klingeln hatte niemand geöffnet; überhaupt sah es hier so aus, als sei schon länger keiner dort gewesen. Sollten ihre Eltern verreist sein? Sie hatte auch alle Orte, an denen er sich ihrer Meinung nach aufhalten konnte, abgeklappert, beispielsweise den Golfplatz oder die Straßen rund um die Klinik, ihn aber nicht dort angetroffen. Zuletzt gab es nur noch einen Ort, der ihr in den Sinn kam: Nicolas Villa.

Dort angekommen, klingelte sie. Von drinnen vernahm sie Stimmengewirr, konnte aber nichts verstehen. Nicola war verwundert, da sie keinen Besuch erwartete. Wer konnte das denn jetzt bloß sein? „Wolfgang, könntest du bitte öffnen?"

„Aber sicher", Wolfgang nickte und machte sich auf den Weg zur Tür.

Die letzten Worte hatte sie vernommen, und jetzt wurde die Tür geöffnet. Er starrte sie mit weit aufgerissenen Augen sprachlos an, der Schock war ihm deutlich anzusehen.

„Margo!", brachte er mit schwacher Stimme schockiert hervor.

„Du hast wohl gedacht, du siehst mich nie wieder, was, Vater?",
die Verachtung konnte sie dabei jedoch nicht ganz aus ihrer Stimme verbannen. Das war der Moment, auf den sie seit fünfzehn Jahren gewartet hatte.

Kapitel 8

Margo, was ist mit dir...? Was machst du denn hier?", stammelte Wolfgang; der Schock saß immer noch tief.

„Ich bin schwanger, drogenabhängig und absolut nicht das, was du dir als deine Tochter vorstellst – ich weiß! Ich passe nicht in dein Familienbild – auch das ist mir klar!", entgegnete Margo entschlossen, „aber ich bin hergekommen, weil ich Hilfe brauche! Ich möchte, dass es meinem Baby während der Schwangerschaft und auch nach der Geburt gut geht, dass es ihm an nichts fehlt! Ich kann mich nicht so um mein Baby kümmern, wie ich es gerne tun würde!", sie machte eine bedeutungsvolle Pause, „deshalb ist es das Beste, wenn du auf mein Baby aufpasst", beendete sie ihre kleine Rede.

Wolfgang schluckte. Zunächst fehlten ihm die Worte. Zu überraschend war Margos Auftauchen für ihn. Er fasste sich an die Stirn; dann brach es aus ihm hervor: „Ich hatte Angst, Margo – Angst vor der Reaktion der Nachbarn, vor der meiner Freunde. Es tut mir leid, ich hätte für dich da sein müssen... dir helfen sollen, einen Entzug zu machen, statt dich auf die Straße zu setzen, als ich die Spritze bei dir gefunden habe!", Wolfgang sah seiner Tochter in die Augen, und auf einmal erschien ein entschlossener Gesichtsausdruck, „es tut mir leid, Margo, diesmal werde ich dir helfen – das verspreche ich dir", versicherte er.

Margot fröstelte in der kühlen Luft. Da streckte Wolfgang ihr die Arme entgegen und zog sie an seine Brust. Seine Tochter war wieder da! Wenn auch Cosima-Mathilde nicht mehr zu seinem Leben gehören sollte, so würde er sein Kind nicht wieder gehen lassen!

Nun erschien Nicola an der Tür, die sich wunderte, weshalb Wolfgang nicht wieder auftauchte. „Margo! Was machst du denn hier?", entfuhr es Nicola, „willst du nicht hereinkommen?"

Und so kam es, dass sich die ganze Familie in Nicolas Wohnzimmer wiederfand. Für Wolfgang schien die Sonne aufgegangen zu sein, doch nun musste er Margo erstmal erklären, was in der Zwischenzeit passiert war.

„Weißt du, seit der Trennung von Mama hat sich mein Leben grundlegend geändert. Zu Anfang kam ich überhaupt nicht mit der Situation klar – weil sie einfach immer da war und sich um alles gekümmert hat. Ich war schon überfordert damit, mir ein Spiegelei zu braten. Jetzt ist mein Verhältnis zu Nicola bedeutend besser geworden und ich könnte sagen, es geht aufwärts. Aber du musst mir glauben, dass in der letzten Zeit kein einziger Tag verging, an dem ich nicht an dich gedacht oder mir Vorwürfe gemacht hätte, dir hätte alles Mögliche da draußen passieren können – und es gab Tage, an denen ich mir das Schlimmste ausgemalt habe. Nun gut. Du sagtest ja bereits, dass du gekommen bist, weil du meine Hilfe brauchst. Also welche Art von Hilfe erwartest du genau von mir?", fragte Wolfgang seine Tochter. Er wollte auf eine bestimmte Sache hinaus.

Margo war z sprachlos darüber, dass ihre Mutter ihren Vater verlassen hatte. Das hätte sie ihrer Mutter niemals zugetraut! Nachdem sie versuchte, diese neuen Informationen zu verdauen, beantwortete sie feierlich die Frage ihres Vaters: „Ich möchte, dass mein Baby ein erfülltes und glückliches Leben hat. Es soll es immer gut haben. Mein Baby soll alles bekommen, was es braucht, um glücklich erwachsen werden zu können. Würdest du bitte für mein Baby sorgen?"

„Und was wird aus dir?", fragte Wolfgang wachsam.

„Ich habe jahrelang auf der Straße gelebt, Vater. Ich weiß sehr genau, welche Zustände dort herrschen. Vermutlich werde ich nach dann wieder auf die Straße zurückkehren und mich so durchschlagen – wie bisher. Es wird nicht einfach sein, aber ich habe keine Wahl", erklärte Margo.

„Doch, die hast du. Ich könnte es nicht ertragen, dich schon wieder ins Ungewisse ziehen zu lassen. Du bekommst natürlich die beste Unterbringung in einer speziellen Entzugsklinik."

„Ich werde deine Schwangerschaft gerne betreuen und auch bei der Geburt dabei sein, wenn du das möchtest?", schaltete sich nun Nicola ein.

„Ja, das wäre mir sehr lieb", entgegnete Margo, und blickte ihre Schwägerin etwas scheu von der Seite an, „ehrlich gesagt, wollte ich dich das auch fragen, aber es war mir etwas unangenehm, da ich bei meiner letzten Begegnung mit Oliver nicht gerade sonderlich gut über dich gesprochen habe… das tut mir sehr leid", entschuldigte sich Margo bei ihrer Schwägerin.

„Weißt du was, lass uns doch einfach noch einmal ganz von vorne anfangen", schlug Nicola vor und streckte Margo ihre Hand entgegen.

„Gerne", Margo schüttelte ihre Hand.

Christoph Jansen war schon sehr früh wach gewesen. Er setzt sich im Bett auf und blickte auf die andere Seite. Mit zerzausten Haaren und schmerzverzerrtem Gesicht lag dort Alexandra. Sie hatten erst vor kurzem geheiratet. Schon die ganze Nacht hatte sich Alexandra andauernd von einer Seite auf die andere gewälzt. Christoph hatte das gespürt und war davon nun wach geworden: „Alles in Ordnung, geht es dir gut?", fragte er, lehnte sich hinüber und küsste sie.

Abwesend schaltete Alexandra ihre Nachttischlampe ein und betastete ihre Brust: „Ich weiß es nicht. Irgendwie nicht… ich habe Schmerzen in der Brust und da ist eine Verhärtung", murmelte Alexandra.

Und sie konnte die Sorge in Christophs Gesicht erkennen. Sofort schwang er sich aus dem Bett: „Damit ist nicht zu spaßen! Lass uns ins Krankenhaus fahren und dich untersuchen lassen. Sie werden schon herauskriegen, was dir fehlt!" Christoph war schon dabei, sich anzuziehen.

„Christoph, das ist nicht nötig. Es ist bestimmt nichts Ernstes. Ich werde nachher bei meinem Gynäkologen anrufen", wehrte Alexandra ab.

„Ich mache mir aber Sorgen, sicher ist sicher!", widersprach Christoph, „womöglich macht dein Gynäkologe gar keine Mammografie, tut mir leid, das mag jetzt vielleicht spießig klingen, aber wir beide fahren jetzt gemeinsam ins Krankenhaus – in die Südstadtklinik - und lassen dich gründlich durchchecken!", Christophs Ton machte deutlich, dass er keinen Widerspruch duldete.

Also stiegen sie einige Minuten später ins Auto und fuhren los.

Die Familie hatte sich die halbe Nacht über unterhalten, und nun brach die Morgen-dämmerung über die Villa herein.

Beim Frühstück wandte sich Nicola an Margo: „Ich denke, es ist am besten, wenn du in die Klinik kommst, so schnell wie möglich, dort kann ich alles sofort in die Wege leiten, um deinen Gesundheitszustand und den deines Babys genauestes zu überprüfen."

„Jetzt gleich?", entfuhr es Margo.

„Ich muss jetzt ohnehin zur Arbeit in die Klinik, am besten du kommst gleich mit, dass ich genaue Untersuchungen machen kann, Margo", bat Nicola müde.

Wolfgang sah den ängstlichen Blick seiner Tochter und rief „ich fahre mit in die Klinik, sobald Neles Privatlehrer hier ist!"

„Danke, Papa, dass hilft mir sehr", erwiderte Margo.

„Also gut. Bis dann in der Klinik!", rief Nicola und verließ die Villa; Oliver folgte ihr; Wolfgang und Margo hörten, wie die Tür hinter den beiden ins Schloss fiel.

„So, und nun haben wir noch ein paar ruhige Minuten nur für uns, mein Kind! Setz dich doch – am besten ins Wohnzimmer. Möchtest du noch einen Tee oder etwas anderes trinken?", fragte Wolfgang ganz fürsorglich.

„Noch einen Fencheltee bitte, das wäre nett. Ok.", Margo nahm auf dem Sofa Platz, während Wolfgang in die Küche ging, den Tee kochte – das hatte er inzwischen gelernt und mit Tassen hantierte.

Margo blickte sich im Wohnzimmer um, in dieser Villa war alles sehr kindgerecht für Nele ein-gerichtet. Wolfgang kam mit einem Tablett, auf dem sich der Tee befand, und er folgte ihrem Blick. „Alles in Ordnung?", fragte er, während er das Tablett auf dem Wohnzimmertisch abstellte.

„Warum hast du mich damals nicht gesucht, Papa?", antworte Margo mit einer Gegenfrage.

„Ich weiß es nicht!", gestand Wolfgang, „ich habe mir jeden Tag Sorgen gemacht. Vermutlich hatte ich Angst vor dem, was mich erwartet hätte, wenn ich dich gefunden hätte", meinte er ehrlich und hielt ihrem Blick stand.

„Das kann ich sogar verstehen. Sag mal, habe ich das richtig verstanden? Mutter hat dich verlassen – wirklich verlassen?", wollte Margo sich vergewissern.

„Ja, das hat sie", erwiderte Wolfgang, und der Schmerz, der dabei in seiner Stimme lag, war deutlich zu hören.

„Ich kann das nicht glauben! Mama! Das kann einfach nicht sein!"

So hatte Margo ihre Mutter bei weitem nicht eingeschätzt. Das letzte Mal, als sie sich in Wolfgangs Gegenwart gesehen hatten, hatte Cosima-Mathilde händeringend versucht, ihren Mann davon zu überzeugen, seine Tochter nicht wegen der Drogen herauszuwerfen - was gescheitert war - und jetzt sollte sie sich so sehr verändert haben? Diese Neuigkeit musste Margo erst einmal sacken lassen.

Schwester Stephanie war heute Frau Dr. Voss zugeteilt. Die beiden Frauen saßen sich gerade im Schwesternzimmer gegenüber, da sie momentan keine Patienten zu versorgen hatten.

Schwester Stephanie hatte einen Cappuccino und ein Croissant mit Schinken belegt vor sich stehen, während Dr. Voss einen schwarzen Kaffee und ein Mohnbrötchen mit Frischkäse genoss.

„Guten Appetit, Schwester Stephanie", wünschte Dr. Voss.

„Dankeschön, Ihnen auch", antwortete Schwester Stephanie. Da sich Neuigkeiten in der Klinik stets schnell unter dem Personal herumsprachen, erkundigte sie sich: „Wie geht es Ihrer Tochter mit der Krankheit? Ich kenne mich da ziemlich gut aus, meine Tochter Charlene hatte nämlich auch Mukoviszidose, und leider hat sie es nicht geschafft, genau wie Johanna… naja, sie starb bei einer Lebertransplantation…"

Nicola wurde kalkweiß: „Oh, dass tut mir ausgesprochen leid!"

„Ich habe weder Kosten noch Mühen gescheut, um meine über alles geliebten Töchter zu retten – Christoph hat mich wirklich immer bei allem unterstützt, auch wenn er oft zu kurz kam. Ich würde Ihnen gerne einen Rat geben Frau Dr. Voss: Lassen Sie Nele auf jeden Fall bei Dr. Windgassen in Behandlung – egal, was passiert. Ich habe den Fehler gemacht, gemeinsam mit Dr. Windgassen und der ganzen Familie, auf eine Mukoviszidose-Tagung zu fahren - auch auf Anraten meines damaligen Mannes hin."

„Aber was war daran falsch?", Nicola verstand nicht, was Schwester Stephanie ihr sagen wollte.

„Tja, an und für sich sind solche Tagungen sehr hilfreich und interessant. Aber dort wurde uns eine sehr renommierte Kinderärztin vorgestellt, die ganz ohne Chemie heilen würde und sehr viel Erfahrung dabei hätte, so hieß es. Am Anfang war ich skeptisch, aber Christoph war sofort hellauf begeistert von ihr. Am Ende stellte sich keine Besserung bei Charlene ein – im Gegenteil, ihr Zustand verschlechterte sich rapide. Beinahe zeitgleich wurde Christoph immer abweisender zu mir. Kurze Zeit später verstarb Charlene und ich fand heraus, dass Christoph eine Affäre mit ihrer Kinderärztin hatte. Unmittelbar nach dem Tod meiner Tochter, beendete sie diese jedoch", Stephanie hatte sich komplett in Rage geredet.

Nicola nahm Stephanies Hand „Und dann haben Sie sich von ihm getrennt?", fragte sie mitfühlend.

„Ja, aber mittlerweile haben Christoph und ich wieder ein sehr gutes freundschaftliches Verhältnis. Die Kinder sehen ihn regelmäßig und wir treffen uns immer alle gemeinsam an den Todestagen von Charlene und Johanna. Dann gehen wir gemeinsam zu den Gräbern und anschließend trinken wir zusammen Kaffee, einfach um zu zeigen, dass wir unsere Kinder nie vergessen. Charlene und Johanna werden immer ein Teil von uns bleiben. Außerdem sieht Christoph seine Kinder Mia und Ben an den Wochenenden…", Schwester Stephanies Satz wurde von dem Geräusch des Piepers unterbrochen.

Nicola schaute sie betroffen an: „Das ist eine wirklich schlimme Sache, Stephanie, es tut mir außerordentlich leid!"

Der Pieper lärmte noch immer. „Eine Patientin wurde in die gynäkologische Abteilung eingeliefert. Die Arbeit ruft", seufzte Dr. Voss. Sie stand auf, und Schwester Stephanie folgte ihr zu der Patientin.

Als die beiden im Behandlungszimmer ankamen, blickte Schwester Stephanie die Patientin und ihren Begleiter an und erstarrte.

„Guten Tag, ich bin Dr. Nicola Voss und das ist Schwester Stephanie Jansen", begrüßte Nicola sie und stellte ihre Assistentin vor.

Ehe Stephanie etwas erwidern konnte, entgegnete Alexandra: „Ich bin Alexandra Jansen, das ist mein Mann Christoph Jansen."

Nicola schien einen kurzen Moment etwas verwirrt aufgrund der Häufigkeit des Nachnamens „Jansen", der wie eine Wolke im Raum hing.

„Christoph ist mein Ex-Mann", klärte Schwester Stephanie die Ärztin auf und schluckte.

„Und Alexandra ist meine zweite Ehefrau", ergänzte Christoph.

„Ach so, ich verstehe…", nickte Dr. Voss, und nachdem sie einen kurzen Blick mit der Krankenschwester gewechselt hatte, wandte sich jetzt an die Patientin: „Wie sind denn Ihre Beschwerden, Frau Jansen?"

„Ich habe starke, brennende Schmerzen in der Brust und es fühlt sich an, als wäre da eine Verhärtung", berichtete Alexandra.

„Ist das bei beiden Brüsten der Fall?", wollte Dr. Voss wissen.

„Ja, das ist es", bestätigte Alexandra, ihr Blick glitt angstvoll zu Christoph, der sofort ihre Hand nahm und diese streichelte.

„Das ist noch kein Grund zur Besorgnis. Aber um sicherzugehen, veranlasse ich jetzt eine Mammografie. Danach würde ich gerne, um ganz sicherzugehen, noch eine Sonographie machen. Falls sich durch die bildgebenden Verfahren der Verdacht erhärtet, dann werde ich auch noch eine Biopsie - also eine Gewebeprobe – veranlassen, die dann untersucht wird", erläuterte Frau Dr. Voss die Vorgehensweisen.

„In Ordnung", stimmte Alexandra zu.

Doch Christophs Blick war skeptisch: „Wie genau läuft denn so eine Biopsie ab?", fragte er stirnrunzelnd.

„Wir werden den Wächterlymphkonten Ihrer Frau unter ihrer Achselhöhle zunächst markieren, anschließend werden wir ihn operativ entfernen und das Gewebe in unser Labor geben. Dort wird es dann untersucht. Und so stellen wir fest, ob das Gewebe befallen, und wenn ja, ob es gut- oder bösartig ist. Danach können wir mit der entsprechenden Behandlung beginnen", erklärte Frau Dr. Voss, „aber jetzt lassen Sie uns erst einmal die Mammografie durchführen."

„Schwester Stephanie, machen Sie bitte sofort einen Termin für die Mammografie aus und geben Sie mir Bescheid, sobald die Bilder fertig sind", wies Dr. Voss sie an.

„Gut", Schwester Stephanie begleitete ihren Ex-Mann und dessen Frau zur radiologischen Abteilung. Nachdem sie die beiden gebeten hatte im Wartebereich Platz zu nehmen, ging sie zu der zuständigen Radiologie-Assistentin und meldete Alexandra an. Nach ungefähr zehn Minuten wurde Alexandra aufgerufen. Christoph blieb im Wartebereich zurück.

Stephanie räusperte sich: „Ich gehe dann mal wieder auf die Station. Wenn Alexandra fertig ist, kommt ihr bitte wieder zu Frau Dr. Voss ins Behandlungszimmer."

Christoph hatte den Kopf in die Hände gestützt und murmelte nur: „Danke, Stephanie."

Nach zirka einer Stunde meldeten sich Christoph und Alexandra wieder auf Nicolas Station. Sie bat die beiden gleich ins Sprechzimmer. „Ich habe die Bilder von der Radiologie schon auf meinen PC geschickt bekommen. Die Mammografie hat in Ihrer linken Brust einen Befund ergeben. Ich würde Sie gerne sofort stationär aufnehmen, um die Biopsie schnellstmöglich durchzuführen. Das, was Sie als Verhärtung gespürt haben, ist tatsächlich ein Knoten. Dieser Sache müssten wir auf den Grund gehen!"

„Und was ist, wenn der Tumor bösartig ist?", fragte Alexandra mit vor Angst zitternder Stimme.

„Auch, wenn er bösartig sein sollte, werde ich Ihnen stets zur Seite stehen. Falls Sie Fragen haben sollten, Frau Jansen, egal welche das sind, dann fragen sie mich. In dieser Zeit geht einem sehr vieles über das Leben und den Tod durch den Kopf. Man hat alle möglichen Gedanken. Eines ist dabei aber von großer Wichtigkeit, Frau Jansen, sobald Sie etwas beschäftigt, egal, wie oft das der Fall ist, und egal, wieviel Sie beschäftigt, sprechen Sie offen mit Ihrem

Mann oder jederzeit auch gerne mit mir darüber! Äußern Sie Ihre Gedanken, Ängste, Wünsche und Bedürfnisse! Teilen Sie sich mit und lassen Sie sich durch diese Krankheit nicht unterkriegen! Kämpfen Sie dagegen! Aber nun möchte ich Ihnen keine unnötige Angst machen, wir sollten erst einmal die Untersuchungsergebnisse abwarten. Alle weiteren Behandlungsmöglichkeiten, zum Beispiel eine Chemotherapie, werden wir nach dem genauen Befund abwägen", erklärte Dr. Nicola Voss.

„In Ordnung", stimmte Alexandra zu.

„Bis der Befund der Biopsie vorliegt, dauert es etwa zwei Wochen plus minus. Danach können wir die Behandlungsmöglichkeiten genauer bestimmen", erklärte Frau Dr. Voss weiter.

Alexandra nickte wieder zustimmend.

Kurze Zeit später kam bereits der Anästhesist und führte mit ihr das Narkoseaufklärungs-gespräch. Anschließend musste sie noch einen Bogen ausfüllen, um eventuelle Medikamenten-unverträglichkeiten, Allergien oder ähnliches auszuschließen.

Schwester Stephanie war gerade dabei, die Medikamente zu sortieren und diese an die Patienten zu verteilen. Schwester Julia war nicht zum Dienst erschienen, so dass Stephanie und Schwester Viktoria nun alleine die Medikamentenverteilung übernehmen mussten. Dr. Bergmann hatte Schwester Julias Fehlen resigniert zur Kenntnis genommen – für ihn stellten die meisten Krankenschwestern ohnehin dämliche und unterbezahlte Menschen dar. Während Schwester Stephanie sortierte, fiel ihr Blick plötzlich auf die weiße Lederbank, die an der Wand stand. Sie war für Patienten und für Besucher gedacht - Christoph saß da mit hängendem Kopf, die Hände auf die Knie gestützt.

Stephanie setzte sich neben ihn. „Ich weiß, wie belastend diese Ungewissheit ist, Christoph. Bis die Ergebnisse dann da sind, dauert es auch noch eine Weile. Aber danach habt ihr Gewissheit, und

Frau Dr. Voss kann gezielter behandeln", Schwester Stephanie legte Christoph den Arm um die Schultern und hörte ihm zu, als er über seine Ängste sprach. Das tat ihm unwahrscheinlich gut.

Am Nachmittag war Neles Lehrer eingetroffen. Sie übte mit ihm fleißig leichte Mathematik-Aufgaben.

Da der Lehrer auch an der Klinik-Schule im Krankenhaus unterrichtete, war er bestens in die Handhabung der Mukoviszidose-Geräte eingewiesen, so dass Wolfgang sich sorglos mit Margo auf den Weg in die Klinik machen konnte. Bei dem Privatlehrer war Nele in den besten Händen!

Im Krankenhaus angekommen, nahm Nicola ihre Schwägerin in Empfang und führte sofort eine Sonographie durch. Margo hatte kurz zum Monitor geblickt, aber dann sofort wieder weggesehen. Wolfgang hielt die Hand seiner Tochter. Im Gegensatz zu ihr blickte er interessiert und fachmännisch auf den Bildschirm.

Nicola füllte einen Mutterpass aus und überreichte ihn an Margo: „Die Herztöne schlagen kräftig, es sieht alles sehr gut aus. Ich werde dir jetzt ein Medikament verordnen, das du statt der Drogen einnimmst, damit dein Baby keinen Entzug im Mutterleib durchmachen muss."

„Ja, ich glaube, dass wird allerhöchste Zeit, mir wird nämlich kalt und ich fange an zu schwitzen – das ist ein Zeichen dafür, dass die Wirkung meiner letzten Spritze nachlässt", erklärte Margo.

„Dann werde ich dir sofort das Ersatz-Medikament bringen lassen. Dazu muss ich dich allerdings zwei Wochen stationär aufnehmen, denn die Behandlung muss rund um die Uhr überwacht werden. Danach lässt du dich ein bisschen von Wolfgang verwöhnen und kommst bitte jede Woche zur Untersuchung. Ich denke, mit meiner Betreuung wird dein Baby gesund zur Welt kommen.

Margo lächelte schief: „Naja, dann werden wir uns eben zusammenraufen müssen", meinte sie.

„Was hältst du davon, wenn ich heute Abend auf Nele aufpasse?", fragte Wolfgang. „Und Oliver und du, ihr zwei geht mal schön Essen... oder ins Kino", meinte er an Nicola gewandt.

„Dein Vorschlag gefällt mir, aber das mit dem Essen gehen verschieben wir besser auf morgen, ich bin todmüde", meinte Nicola.

Kapitel 9

Nachdem Christoph sich durch das Gespräch mit Stephanie etwas hatte beruhigen können, war er gemeinsam mit Alexandra auf den Klinikflur gegangen und beide hatten in der Sitzecke Platz genommen. Stephanie hatte die Medikamente fertig sortiert und war dann nach ihrem Feierabend nach Hause zu Mia und Ben gegangen.

Dort angekommen, musste sie feststellen, dass die Hölle losgewesen war. Ben hatte sich liebevoll um seine Schwester gekümmert, die zugedeckt auf dem Sofa lag.

„Was ist denn hier los?", Stephanie war erstaunt, den liebenden Bruder gab Ben nur selten.

„Mia hat furchtbare Bauchkrämpfe, sie krümmt sich schon seit zwei Stunden", erklärte Ben.

„Was?! Warum hast du mich denn nicht früher informiert?", fragte Stephanie geschockt.

„Mia dachte, es wird besser, wenn sie Tee trinkt und sich mit einer Wärmflasche auf das Sofa legt, aber es wurde immer schlimmer. Dann war allerdings auch schon deine Dienstzeit zu Ende."

„Ich verstehe!", Stephanie setzte sich zu Mia auf die Sofakante, „darf ich deinen Bauch einmal abtasten?", fragte sie ihre Tochter.

Mia nickte widerwillig, und ihre Mutter taste vorsichtig, aber mit gekonnten Handgriffen, ihren Bauch ab.

„Es könnte eine Blinddarm-Entzündung sein. Zur Sicherheit fahren wir sofort ins Krankenhaus", bestimmte Stephanie.

Daraufhin nahm Ben seine Schwester auf den Arm, setzte sie ins Auto, schnallte sie an und stieg dann ebenfalls ein. Wenige Minuten später waren die drei in der Klinik angekommen. Stephanie rannte an die Information, während Ben mit Mia im Arm hinter ihr herkam.

„Meine Tochter hat starke Bauchschmerzen, es könnte sich dabei um eine Appendizitis handeln", erklärte Stephanie der Kollegin am Empfang.

„Ich hole einen Arzt, Nehmt Euch am besten einen Rollstuhl und geht schon einmal in Behandlungszimmer 1 vor", erklärte die Schwester.

Stephanie nickte. „Ist gut". Ben folgte seiner Mutter mit Mia im Rollstuhl.

Im Behandlungszimmer angekommen, legte Ben seine Schwester auf die Untersuchungsliege. Mia stöhnte vor Schmerzen auf.

„Entschuldige bitte", meinte Ben, aber Mia nickte nur schwach.

Da öffnete sich die Tür des Behandlungszimmers und Professor Dr. Dr. Möbius trat herein.

„Guten Abend, Schwester Stephanie, hallo…", begann Professor Dr. Dr. Möbius.

„Das sind meine Kinder, Mia und Ben", stellte Schwester Stephanie sie vor.

„Sehr erfreut, Sie…", begann er.

„Euch", bat Ben.

Professor Dr. Dr. Möbius grinste, „in Ordnung, sehr erfreut Euch kennenzulernen. Um welche Art von Beschwerden handelt es sich denn?", fragte er.

„Ich habe starke Bauchschmerzen, meine Mutter meint, es könnte eine Blinddarm-Entzündung sein", brachte Mia mit schmerzver-zerrtem Gesicht hervor.

„Wurde die Tastuntersuchung schon durch-geführt?"

„Ja, meine Mutter hat schon gefühlt", erklärte Mia.

„Auch alle anderen Symptome stimmen überein, zum Beispiel ihre Appetitlosigkeit, Schmerz-linderung erst in liegender Position und ihre stark belegte Zunge", schilderte Schwester Stephanie die Lage.

Professor Dr. Dr. Möbius führte die Tastuntersuchung noch einmal durch und nahm Mia Blut ab, um ihre Entzündungswerte festzustellen. Als letztes wurde Mia in den Ultraschallraum gebracht und Dr. Möbius machte die Sonografie. Danach traf er wieder auf Ben und Stephanie im Untersuchungszimmer.

„Gut, ich bin ebenfalls überzeugt davon, dass es sich bei der Erkrankung um eine Blinddarm-Entzündung handelt, nachdem auch die Tast-untersuchung positiv war und die Symptome übereinstimmen. Auch die Entzündungswerte im Blut Ihrer Tochter - beziehungsweise deiner Schwester - sind zu hoch", erklärte Professor Dr. Dr. Möbius. „Ich denke, wir sollten sofort eine Operation durchführen, um ihren Blinddarm zu entfernen, bevor es zu einem Durchbruch und weiteren Komplikationen kommt. Wären Sie damit einverstanden?", fragte Professor Dr. Dr. Möbius.

„Ja. Wissen Sie, ich bin dankbar, wenn meine Schmerzen endlich aufhören", erklärte Mia.

„Gut, ich werde sofort alles in die Wege leiten."

„Ich bleibe hier, bis die Narkose eingeleitet ist und danach gehe ich mit Ben einen Kaffee trinken, und wir warten hier im Krankenhaus, bis du wieder in den Aufwachraum kommst", redete Stephanie beruhigend auf ihre Tochter ein.

In diesem Moment kam Schwester Julia, um Mia in den Operationssaal zu bringen. Ben musste draußen warten, aber Schwester Stephanie zog sich rasch sterile Kleidung an und durfte solange mit zu ihrer Tochter hinter das blaue Tuch, bis diese durch das Narkotikum tief und fest eingeschlafen war.

Als Mia eingeschlafen war, begann Professor Dr. Dr. Möbius mit dem Eingriff.

Während der Operation ihrer Tochter war Stephanie mit ihrem Sohn Ben in die Cafeteria gegangen. Die Theke war zwar jetzt, um diese Zeit, schon längst geschlossen, aber die drei Automaten befriedigten die Hunger- und Durst-bedürfnisse der Menschen im Krankenhaus ebenso – und die Qualität der Lebensmittel entsprach dem gleichen Standard wie alle anderen Lebensmitteln, die in diesem Krankenhaus tagsüber konsumiert wurden. Daran merkte man, wie viel Geld seit jeher in dieses Krankenhaus geflossen war.

„Hast du Hunger, Ben? Möchtest du etwas trinken?"

„Ich möchte einen Beagle essen und eine Cola light dazu trinken. Was möchtest du haben?", antwortete Ben seiner Mutter mit einer Gegen-frage.

„Ich nehme auch eine Cola light und ein Thunfisch-Sandwich", Stephanie wollte gerade losgehen, um die Lebensmittel zu holen, als Ben seine Mutter am Arm zurückhielt: „Nein! Stopp! Das bezahle ich und ich hole es uns natürlich auch. Mama du machst so viel für uns – jetzt bin ich einmal an der Reihe!", sagte Ben und erhob sich, schnellen Schrittes ging er an den Automaten und ließ sich von diesem die Lebensmittel ausspucken, nachdem er das Münzgeld in den dafür vorgesehenen Schlitz geworfen hatte.

Ben stellte die Speisen und Getränke auf dem Tisch ab und setzte sich seiner Mutter gegenüber.

„Bitte sehr, Mama. Guten Appetit! Immerhin bist du nach Feierabend noch nicht eine Minute zur Ruhe gekommen!"

„Danke, dir auch guten Appetit", erwiderte Stephanie und begann, lustlos ihr Sandwich zu essen. Sie fühlte sich plötzlich um Jahre gealtert. Aber es tat gut, vom eigenen Sohn ein wenig verwöhnt zu werden und Anerkennung für ihre Leistung als alleinerziehende und berufstätige Mutter zu bekommen.

„Was ist, wenn etwas schief geht?", fragte Ben in diesem Moment in die Stille hinein.

„Professor Dr. Dr. Möbius ist - neben Professor Dr. Dr. Bergmann Senior, einer der erfahrensten Kollegen, die ich kenne, und ich schätze ihn sehr", versuchte Stephanie, ihrem Sohn die Angst zu nehmen.

Mia und ihr Zwillingsbruder waren schon immer auf eine ganz besondere Art und Weise miteinander verbunden gewesen. Stephanie erinnerte sich noch sehr genau an eine Situation: Es war im Juli vor einigen Jahren gewesen, Mia sollte mit ihrer Klasse einen Aufenthalt in Holland verbringen – sechs Tage sollte dieser dauern. Und schon der Gedanke, seine Schwester so lange Zeit alleine im Ausland zu wissen, hatte Ben schlaflose Nächte bereitet. Und daher hatte er - nach langen Gesprächen mit seinem Lehrer und der Schulleitung, bei denen auch Christoph und Stephanie anwesend gewesen waren - endlich die Erlaubnis und eine Schulbefreiung erhalten, um seine Schwester nach Holland begleiten zu können…

„Trotzdem habe ich ein mulmiges Gefühl, Mama. Weißt du, Mia ist zwar nur eine Minute jünger als ich, aber trotzdem habe ich das Gefühl, sie immer und überall, vor allem und jedem, beschützen zu müssen. Und ich mache das wirklich sehr gerne, weil wir uns einfach unheimlich nahestehen – und solch eine Art von einer geschwisterlichen Beziehung ist das schönste, was es geben kann, Mama", erklärte Ben, um sofort fortzufahren, „ich fühle, wenn es ihr schlecht geht – ohne, dass sie ein Wort sagen muss..."

Ben stockte, es fiel ihm offensichtlich schwer weiterzusprechen: „Als damals erst Johanna und später auch noch Charlene starb, da hatte Mia völlig den Boden unter den Füßen verloren. Aber ich habe sie damals aufgefangen, ihr zugehört, mit ihr geredet, ihr den Halt gegeben, den sie so dringend gebraucht hatte. Ihr wart ja damals selbst noch völlig in Trance", versuchte er, seine Mutter in Schutz zu nehmen. Es sollte nicht wie eine Anklage klingen.

„Weißt du, wegen dieser tiefen Verbindung zu Mia habe ich ständig Angst um sie und mache mir immer Sorgen – auch jetzt", erklärte er.

„Das verstehe ich, Ben. Aber ich kann dir versichern, dass Mia bei dem Professor in den besten Händen ist – anders als Johanna und Charlene es bei Frau Dr. Ellen Roth waren. Ich hätte damals schon merken müssen, dass etwas nicht stimmt. Die Blicke, die sie Papa immer zugeworfen hatte... es ging ihr nie um die Kinder... sondern immer nur um Papa - und als sie ihn dann da hatte, wo sie ihn haben wollte, ließ sie ihn fallen, und er merkte dann natürlich auch, dass mit ihr etwas nicht stimmte. Aber eines verspreche ich dir, Ben, Dr. Ellen Roth wird büßen. Deshalb habe ich genau diese Stelle hier angenommen!", Stephanies Stimme bebte.

Mit einem Mal erschien wieder Charlenes blaues Gesicht vor ihrem inneren Auge. Wieder hörte sie ihr Kind husten – dann röcheln. Sie erinnerte sich noch genau daran, als sie damals in dieser Nacht alleine mit Charlene in Ellens Praxis gefahren war, weil Christoph wieder einmal eine Nacht über nicht zu Hause gewesen war - wie sich später herausstellte, war er bei Ellen gewesen! Wie makaber! Mia und Ben hatten bei Freunden übernachtet. In der Praxis hatte Ellen – so hatte es jedenfalls damals für Stephanie den Anschein gemacht, alles versucht, um Johanna – und auch Charlene zu retten – aber vergebens! Stephanie sah noch genau Ellens Gesicht vor ihrem inneren Auge, als Charlene gestorben war – Ellen hatte müde und abgekämpft gewirkt, da sie Charlene zuvor be-atmet hatte; Stephanie war damals nicht aufgefallen, dass Ellen eine merkwürdige Lösung in die Kochsalzinfusion ihrer Tochter gespritzt hatte. Erst, als sie sich nach Johannas und Charlenes Tod mit Christoph einmal darüber unterhalten hatte, wie Ellens Behandlung und ihre Operationstechniken auf Mukoviszidose-Kinder wirkten, war beiden diese merkwürdige Flüssigkeit in den Sinn gekommen. Aber nun konnten sie Ellen nichts mehr nachweisen... Die seltsame Flüssigkeit hatte Ellen jedenfalls bei beiden Kindern verwendet, und ebenso hatte sie damals Duftöle benutzt - diese sollten den Kindern beim Atmen helfen und für eine angenehme Atmosphäre in der Umgebung sorgen, außerdem würden sie beruhigend wirken, hatte Ellen damals behauptet.

Wenn sie jetzt über Ellens damalige Worte, ihre Gestik und ihre Mimik nachdachte, dann fiel ihr sofort auf, dass mit dieser Ärztin etwas nicht stimmte! Aber damals war es ihr nicht aufgefallen – zweimal nicht! Wäre es ihr aufgefallen, würden Johanna und Charlene vermutlich heute noch leben!!!

Einmal, als Christoph mit Charlene die - wie Ellen es nannte „Duftöl-Therapie" durchführte, fing sie furchtbar zu röcheln. Und als Christoph sich keinen Rat mehr gewusst hatte, hatte er dann schließlich doch den Inhalator zu Hilfe genommen, den Ellen nur im äußersten Notfall empfahl. Und selbst dann wäre es ihr nicht recht gewesen, dass er ihn benutzte. Ihrer Ansicht nach machten Eltern so etwas generell falsch – so etwas musste von der Kinderärztin persönlich durchgeführt werden – das hatte Dr. Ellen Roth immer gesagt!

Wie naiv waren Stephanie und Christoph damals eigentlich gewesen?! Christoph war nicht nur naiv, sondern auch noch blind vor Liebe für Ellen – wenn man das in diesem Zusammenhang so nennen konnte. Christoph hatte vor dem Tod der Kinder jeweils eine kurze Affäre mit deren Kinderärztin Dr. Ellen Roth gehabt, da Stephanie vor lauter Sorge um die Kinder immer weniger Zeit für Christoph hatte. Erst nach dem Tod der Kinder hatte Christoph langsam realisiert, was Stephanie kurz vor der Scheidung zu ihm wegen Dr. Ellen Roth gesagt hatte – und dann hatten sich Stephanies Worte in seinem Kopf endlich einen Sinn ergebend zusammengefügt. Daraufhin hatten Stephanie und Christoph die Scheidung als einzig möglichen Ausweg gesehen. Der Verlust der beiden Kinder war einfach zu schmerzlich gewesen und Christophs Schuld¬gefühle, weil er sich so von Ellen hatte blenden lassen, waren zu groß gewesen, als dass er die Ehe mit seiner großen Liebe Stephanie hätte aufrecht erhalten können.

Stephanie fand nach einer langen Therapie wieder langsam ins Leben zurück. Mit Christoph hatte sie sich ausgesprochen; jetzt pflegte sie ein gutes, freundschaftliches Verhältnis mit ihm, und er sah die Kinder an Vater-Wochenenden. Doch ihre Rachsucht an Ellen wollte sie befriedigen – auch Christoph wusste das. Sie würde so lange suchen, bis sie Beweise gegen Dr. Ellen Roth finden würde! Und sie würde welche finden!

Stephanie schüttelte sich. Ihr ganzer Körper zitterte plötzlich.

„Mama ist alles in Ordnung?", erkundigte sich Ben.

„Hallo, was macht ihr denn hier?", hörten Ben und seine Mutter plötzlich eine ihnen bekannte Stimme hinter sich – Christophs Stimme!

„Hallo, Christoph!", Stephanie wandte sich um. „Hallo Alexandra", fügte sie lächelnd hinzu. „Wollt Ihr euch noch zu uns setzen?"

„Oh, ja! Gerne", erwiderte Alexandra begeistert, ehe Christoph etwas entgegnen konnte, saß sie bereits am Tisch. Christoph warf Stephanie ein kurzes Lächeln zu, dann setzte auch er sich.

„Was macht Ihr denn hier? Ich habe schon einige Male Nachrichten auf deiner Mailbox hinterlassen, aber du meldest dich nicht", überfiel Ben sofort seinen Vater.

Sein Vater sah betreten zu Boden und sagte nichts, stattdessen antwortete Alexandra: „Ich habe wahrscheinlich Brustkrebs. Die Ergebnisse aus dem Labor kommen in den nächsten Wochen. Aber ich lasse mich nicht entmutigen. Mit Christoph an meiner Seite kann ich alles schaffen – gemeinsam meistern wir alle Hürden!"

Sie lächelte Christoph an und nahm seine Hand. Er erwiderte den Händedruck und ihr Lächeln.

Stephanies Herz bekam durch die Worte von Alexandra einen kurzen – wenn auch von Alexandra unbeabsichtigten – Stich. Sie versuchte, aufgesetzt, professionell zu lächeln und sich nichts anmerken zu lassen – das hatte sie schon damals getan, als der Schmerz über den Tod der Kinder sie übermannt hatte. Nicht einmal Christoph hatte damals bemerkt, wie es in ihrem Inneren tatsächlich ausgesehen hatte.

Ben sah seine Stiefmutter sichtlich betroffen an: „Oh, dass tut mir furchtbar leid. Ich wusste nicht…", stammelte er.

„Das ist schon in Ordnung. Ich gehe relativ offen mit dem Verdacht um und versuche, mir davon nicht meine Lebensfreude nehmen zu lassen", entgegnete Alexandra.

„Das ist eine sehr gute Einstellung", meinte Ben, und auch Stephanie und Christoph nickten Alexandra zuversichtlich zu.

„Und was macht Ihr hier? Hast du nicht schon längst Feierabend? Wo ist Mia überhaupt?", wollte Christoph nun wissen.

„Weißt du, Mia wird gerade der Blinddarm entfernt, aber Mama meinte beruhigend zu mir, dass der Professor der beste auf diesem Gebiet sei".

Christoph musterte Stephanie unauffällig. Irgendetwas schien sie zu beschäftigen – nur was? Er beschloss, der Sache auf den Grund zu gehen: „Alexandra, hast du Durst? Oder Hunger? Also ich könnte jetzt ein Salamibrötchen vertragen", meinte er und stand auf.

„Ich hätte bitte ganz gerne ein Wasser und einen Salat", bat Alexandra.

„In Ordnung", meinte Christoph zu seiner Frau und blickte Stephanie kurz an. Die hatte seinen Blick bemerkt – nun stürzte sie schnell den Rest ihrer Cola light hinunter. Den Wink mit dem Zaunpfahl hatte sie jedoch verstanden: „Ich komme mit dir zum Automaten", sagte sie und stand ebenfalls auf.

„Nach dir!" Christoph machte eine galante Geste und Stephanie seufzte. Er war noch immer ein Kavalier der alten Schule, daran hatte sich bis heute nichts geändert. Alexandra konnte sich glücklich schätzen, diesen Mann an ihrer Seite zu haben.

Am Automaten angekommen, warf Christoph das Münzgeld ein und drückte die Knöpfe.

„Was ist los Stephanie? Irgendetwas beschäftigt dich doch, also rede bitte mit mir darüber", bat Christoph schon fast flehend.

„Weißt du, Christoph, ich habe manchmal schlechte und manchmal gute Tage, was Charlene und Johanna betrifft. Dr. Ellen Roth ist für einen Monat beruflich in London, und in der Zeit, in der sie jetzt weg ist, da hatte ich bis jetzt überwiegend gute Tage. Aber heute ist wieder mal ein echt mieser Tag, vielleicht auch deshalb, weil ich weiß, dass Ellen bald zurückkommt… Ich weiß auch nicht, was gerade mit mir los ist, jetzt auch noch Mias Operation!", sie fing an zu schluchzen.

Christophs Blick wurde weich und einfühlsam, zärtlich nahm er sie in seine Arme und ließ sie weinen. Er war so liebevoll zu ihr, dass es ihr schon fast wehtat, denn sie wusste, dass es nicht von Dauer sein würde.

„Was ist denn nur los mit dir, Steph?", nuschelte er in ihr Haar. Steph war sein Kosename für sie, den er ihr während ihrer Ehe gegeben hatte. Er schien Alexandra für einen Moment ganz vergessen zu haben.

„Ich weiß nicht, jetzt kommt auf einmal alles wieder hoch – der ganze Schmerz wegen Charlene und Johanna", schluchzte sie weiter.

„Wegen Ellen, nehme ich an?", fragte Christoph wieder.

„Ja. Ich muss andauernd daran denken, als sie zuerst unser Kind mit ihren Händen angefasst hat – und dann dich – und dann wieder unser Kind – und dann wieder dich! Wie konnten wir das nicht merken. Mir wird ganz schlecht, wenn ich nur darüber nachdenke!", Stephanie fühlte, als der Ekel sie überkam.

Auch Christoph bemerkte, dass ihre Gesichtsfarbe eine Nuance blasser wurde. „Ist dir übel?", fragte er sofort besorgt.

„Ja, mir ist irgendwie ein bisschen übel", Stephanie atmete tief ein und dann langsam wieder aus, um ihren Kreislauf zu stabilisieren und der Übelkeit entgegenzuwirken.

„Sollen wir an die frische Luft gehen? Oder möchtest du etwas trinken?", fragte Christoph höchst besorgt und unwahrscheinlich einfühlsam.

„Ich glaube, es ist besser, wenn wir kurz auf die Klinik-Terrasse gehen", stimmte Stephanie zu und löste sich von ihrem Ex-Mann.

Der wandte sich um und rief in Richtung der Tische: „Ich bin gleich wieder da, Schatz. In Ordnung?"

Alexandra schien von der Unterhaltung an den Automaten keine Notiz genommen zu haben. Sie hob den Kopf und antwortete: „In Ordnung, ich unterhalte mich solange ein wenig mit Ben."

Christoph legte stützend seinen Arm um Stephanie und trat mit ihr hinaus auf die Terrasse. An einem Tisch mit zwei Hockern nahmen sie Platz.

„Hast du so etwas öfter?", fragte Christoph, seine Stimme zitterte vor Sorge.

„Ab und zu. Nicht regelmäßig. Immer, wenn mich irgendetwas aufregt", erwiderte sie matt.

„Vielleicht solltest du dir einfach einige Tage frei nehmen und dich ganz auf dich selbst konzentrieren – oder du beginnst wieder eine Therapie", schlug Christoph ihr vor.

„Ich brauche keine Therapie – ich brauche auch keinen Urlaub", Stephanie gähnte.

„Hör zu, Steph, ich sehe doch, dass du völlig fertig bist! Ich wette, du musstest gleich nach Feierabend wieder los, um mit Mia herzukommen, oder? Und nun guck mal auf die Uhr! Natürlich bist du immer für Mia und Ben da – du warst immer eine gute Mutter, Steph, aber du kannst unseren Kindern keine gute Mutter sein, wenn du selbst völlig im Eimer bist!", sprach Christoph energisch auf sie ein.

Ich denke, du solltest nachher einfach nur noch nach Hause fahren. Mit Ben. Ich gehe dann zu Mia, ja - wenn du möchtest, kann auch ich die Nacht über bei ihr im Krankenzimmer auf dem Stuhl schlafen, so unbequem ist das sicher nicht! Und du wirst dich ausruhen und dich ganz auf dich selbst konzentrieren", schlug Christoph vor, „und sollte es Mia irgendwie schlechter gehen, rufe ich dich natürlich sofort an", fügte er schnell hinzu.

„Das würdest du tun? Und was ist mit Alexandra?", hakte Stephanie nach.

„Sie wird das verstehen. Sie ist eine sehr offene und herzliche Frau. Mia ist schließlich auch meine Tochter", meinte Christoph, „außerdem muss sie ja auch hier im Krankenhaus bleiben!"

Stephanie hatte Christoph unauffällig beobachtet – seine Augen bekamen immer einen fast schon verführerischen Glanz, wenn er über seine Frau sprach.

„Alexandra und du, ihr passt wunderbar zusammen, du kannst dich glücklich schätzen sie an deiner Seite zu wissen", sagte sie mit einem wehmütigen Lächeln, „vielleicht sollten wir uns, wenn es Mia besser geht, doch einmal besser kennenlernen. Hm, ja, wir könnten uns mal zu fünft zum Essen verabreden", fiel ihr dann ein.

„Steph, das ist eine prima Idee, das machen wir auf jeden Fall!", jubelte Christoph los.

Hinter ihnen öffnete sich nun die Tür und Alexandra und Ben traten zu ihnen auf die Terrasse. „Ist alles ok?", fragte Alexandra und stellte sich lächelnd an Christophs Seite.

„Wir dachten, dass wir, wenn es Mia wieder bessergeht und Sie Ihren Befund wissen, uns alle gemeinsam zum Essen verabreden können. So können wir uns besser kennenlernen", erklärte Stephanie. Auch Ben hatte mitgehört, er war hellauf von der Idee begeistert.

„Ja, das finde ich toll!", stimmte auch Alexandra fröhlich mit ein. Sie umschlang Christoph mit einem Arm und drückte ihn an sich.

Gemeinsam traten sie nun wieder in das Klinikgebäude, um auf den bequemen Sesseln vor dem Operationssaal zu warten, bis Mia die Operation überstanden hatte. Nach kurzer Zeit trat auch tatsächlich Professor Dr. Dr. Möbius zu ihnen.

„Wie ist die Operation verlaufen? Wie geht es Mia?", Stephanie war etwas zu schnell aufgesprungen, denn jetzt war ihr schwindelig.

„Die Operation verlief wunderbar. Mia geht es den Umständen entsprechend gut. Sie können jetzt zu ihr", erläuterte Professor Dr. Dr. Möbius.

Stephanie und Christoph gingen zu ihrer Tochter – Ben und Alexandra blieben im Wartebereich und sahen sich derweil eine Motor-Sport-Zeitschrift an, denn alle vier waren übereingekommen, dass zu viel Besuch auf einmal zu anstrengend für Mia wäre.

„Hallo Mama, hallo Papa. Papa, was machst du denn hier?", murmelte Mia, noch hörbar geschwächt.

„Alexandra ist krank – aber das ist jetzt erst einmal nicht so wichtig. Du bist jetzt das wichtigste, Mia, du und deine Gesundheit", Christoph trat an das Krankenbett seiner Tochter und setzte sich vorsichtig auf die Kante, während Stephanie sich einen Stuhl nahm und sich auf die andere Seite des Bettes setzte. Behutsam fuhr Christoph seiner Tochter mit der Hand durchs Haar.

„Wie geht es dir?", fragte er besorgt.

„Ich fühle mich noch schlapp und die Naht zieht – es fühlt sich an, als wäre es Muskelkater", meinte Mia.

Da öffnete sich die Tür und der Professor trat ein.

„Hallo Mia, wie fühlst du dich?", fragte auch Professor Dr. Dr. Möbius.

„Ich fühle mich schlapp, die Naht zieht und es fühlt sich an, als hätte ich Muskelkater", wiederholte Mia.

„Das ist normal nach solch einem Eingriff. Medizinisch gesehen, ist der Eingriff wunderbar und ohne Komplikationen verlaufen. Es könnte noch zwei Wochen ein bisschen ziehen. Wichtig ist, dass du dich in dieser Zeit nicht anstrengst, also keine schweren Gegenstände trägst oder ähnliches. Die Fäden sind selbstauflösend. Daher denke ich, dass du übermorgen entlassen werden kannst", meinte Professor Dr. Dr. Möbius und verabschiedete sich.

„Vielen Dank, Herr Professor Dr. Dr. Möbius", meinten Stephanie und Mia, wie aus einem Munde.

Der Professor nickte ihnen noch einmal kurz zu, dann verließ er das Krankenzimmer. Später fuhr auch Stephanie nach Hause und Christoph blieb bei Mia.

Am nächsten Abend, pünktlich um 18:00 Uhr hatten Nicola und Oliver gemeinsam ihren Dienst beendet.

In Windeseile hatte Oliver sich in seiner Villa geduscht, seine Zähne geputzt, sich rasiert und schick angezogen. Anschließend hatte er noch das Bett frisch bezogen, Rosen neben den Nachttisch gestellt und geschickt einen Kühler mit Champagner darauf platziert. Und zum Nachtisch hatte er das Eis mit den gesalzenen Karamellstückchen besorgt.

Nicola hatte zu Oliver gesagt, dass sie noch einmal kurz nach Hause fahren würde, um sich ebenfalls schick zu machen. Daher hatten sie ausgemacht, dass sie sich an seiner Wohnung treffen würden.

Nicola hatte sich ganz schnell schick gemacht und fuhr los. Oliver korrigierte noch einmal mit strengem Blick das Ambiente, als sein Blick nochmals auf den Nachttisch fiel: Gesalzene Karamell-

Eiscreme von Häagen Dasz! Dieser Anblick weckte Erinnerungen in ihm an seine Hochzeitsnacht mit Nicola. Damals hatte Nicola nach dem Genuss dieser Eiscreme, die sie so liebte, erbrochen. Oliver hatte ihr die Haare nach hinten gehalten, und ihr eine Tablette gegen die Übelkeit gegeben, an Schlaf hatten beide in dieser Nacht kaum gedacht. Was für eine Hochzeitsnacht! Plötzlich klingelte sein Handy – es war Ellen.

„Hallo Schatz, wie geht es dir?", säuselte er.

„Ich vermisse dich sehr – du mich hingegen scheinbar gar nicht", begrüßte sie ihn sauer.

„Was soll das denn heißen?", fragte er erstaunt.

„Du hast in den letzten Tagen nicht angerufen!"

„Das stimmt, die Klinik... und Nele..., es war einfach so viel los", entschuldigte er sich.

„Und mit Nicola, da war auch viel los, oder wie?", maulte Ellen.

Er stöhnte seufzend: „Auf diese Art von Gespräch habe ich nun wirklich keine Lust, nach so einem harten Tag und schon gar nicht am Telefon!", Oliver legte auf.

Um 20:00 Uhr saßen Nicola und Oliver sich in Jaques kleinem Weinlokal gegenüber und redeten über alles Mögliche, auch über ihre Ehe. Nach dem Essen bat Oliver: „Lass uns noch zu mir gehen, wir trinken noch einen Kaffee."

„Ich weiß nicht, das würde Ellen sicher nicht gefallen", wandte Nicola zögernd ein.

„Ellen ist aber jetzt gerade nicht hier. Komm schon, was hast du zu verlieren? Genießen wir einfach diesen wunderschönen Abend und lassen ihn gemeinsam ausklingen", meinte er vielsagend und sie fuhren zu Oliver...

Kapitel 10

Am Morgen, als Nicola neben Oliver erwachte, war ihr schwindelig.

„Guten Morgen, meine Liebe", küsste er sie, „fühlst du dich gut?"

„Naja, nicht wirklich. Mein Kreislauf spielt wohl verrückt."

„Vielleicht solltest du dich heute krankschreiben lassen und dich etwas ausruhen. Mein Vater kümmert sich ja ohnehin um Nele, du kannst dich dann also ganz unbesorgt auf dich und dein Wohlbefinden konzentrieren", riet Oliver ihr.

„Vermutlich hast du Recht. Ich fahre jetzt nach Hause, melde mich krank und ruhe mich etwas aus", stimmte Nicola zu.

„In Ordnung, wir sehen uns dann heute Abend", Oliver küsste sie und erhob sich, um sich für den Dienst fertig zu machen.

Nicola blieb noch ein wenig in den weichen Decken liegen, aber schließlich stand auch sie auf, stieg ins Auto ein und fuhr los. Über die Freisprechanlage rief sie in der Klinik an und meldete sich krank.

Oliver fuhr unterdessen zu seiner Schicht in die Klinik. Dort angekommen, erwartete ihn bereits der erste Patient: ein Mann, der eine leichte Brandverletzung an der Hand hatte. Dr. Bergmann hatte sofort gesehen, dass die Wunde nicht tief war. Deshalb hatte er dem Mann ein Kühlgel aufgetragen und ihm einen Verband gemacht, den dieser auch problemlos von seinem Hausarzt wechseln lassen konnte.

Eine Weile später saß Oliver im Ärztezimmer und trank einen Kaffee. Mit halbem Ohr lauschte er auf die Gespräche im Schwesternzimmer nebenan. Schwester Stephanies Tochter Mia war hier im Krankenhaus – sie war wegen einer Blinddarm-Entzündung heute

Nacht operiert worden. Plötzlich kam ihm wieder in den Sinn, was Nicola ihm neulich von ihrem Gespräch mit Schwester Stephanie erzählt hatte. Stephanie hatte zu Nicola gesagt, dass sie auf einer Mukoviszidose-Tagung eine Kinderärztin getroffen hätten, die ganz ohne Chemie heilen würde – Stephanies Mann Christoph wäre sofort hellauf begeistert von dieser Kinderärztin gewesen, er hätte sich total von ihr blenden lassen und wäre dann zu dem Schluss gekommen, dass ihre „Duftöl-Therapie" das einzig richtige sei. Wie konnte Herr Jansen nur so naiv sein und sein Kind dieser Frau anvertrauen? Beziehungsweise – wie konnte er diese Ärztin überhaupt an sein Kind lassen! Ihm würde so etwas mit Sicherheit nicht passieren… Oliver stand kopfschüttelnd auf, um weiter zu arbeiten.

Nicola war mittlerweile zu Hause angekommen.

„Wo warst du denn? Ich habe mir schon Sorgen gemacht", begrüßte Wolfgang sie.

Nicola lächelte nur vielsagend. Sie war, nachdem sie Olivers Villa verlassen hatte, in den Stadtpark gefahren, hatte sich auf eine Bank im Schatten eines Baumes gesetzt und den Schwänen im kleinen Teich des Parks zugesehen, wie sie ihre Bahnen durch das Wasser zogen. Die Nacht mit Oliver ging ihr nicht aus dem Kopf; sie konnte nicht glauben, dass sie sich so hatte gehen lassen.

Wolfgang wollte sie nun gleich über alle anderen Neuigkeiten informieren: „Ach übrigens, was ich dir erzählen muss, Margo und ich haben telefoniert. Sie muss ja nun erstmal zwei Wochen im Krankenhaus bleiben, um den Entzug durchzuziehen. Aber dann wird sie wieder zuhause einziehen. Wir haben ausgemacht, dass sie dann jeden Tag mit Nele besuchen komme und mich um sie kümmere. Margo nimmt jetzt regelmäßig ihr Ersatz-Medikament, und das habe ich auch sichtbar bemerkt, denn es geht ihr immer besser und sie ist lebensfroher!"

„Das freut mich! Und mit Nele war alles in Ordnung?" wollte Nicola wissen.

„Sie hatte zwei kleinere Erstickungsanfälle – aber kein Grund zur Besorgnis, ich habe mit ihr inhaliert und ihre Atmung hat sich sofort wieder reguliert. Wäre es schlimmer gewesen, dann hätte ich euch sofort angerufen", versicherte Wolfgang. „Ach, noch etwas. Nele war durch die Inhalationen heute sehr müde. Sie schläft jetzt im Kinderzimmer", erklärte Wolfgang.

„Ich verstehe. Ich strecke einmal kurz den Kopf zur Kinderzimmertür hinein", leise öffnete Nicola die Tür. Sie hörte Neles Atem, der ein klein wenig rasselte. Aber das war kein Grund, das Kind jetzt aus dem Schlaf zu reißen.

Zufrieden kehrte Nicola ins Wohnzimmer zurück. „Wolfgang, ich bin hundemüde und lege mich jetzt schlafen. Ich hab mich heute auch in der Klinik krank gemeldet", meinte Nicola, um sofort hinzuzufügen, „wenn etwas mit Nele ist, dann weckst du mich bitte trotzdem, ja?"

„Aber klar", versicherte Wolfgang, und beruhigt zog Nicola sich in ihr Schlafzimmer zurück.

In den vergangenen zwei Wochen hatte sich der Alltag in Nicola's Villa gut eingespielt. Margo war am Vormittag aus der Klinik entlassen und nachdem sie ihr restliches Gepäck zu Wolfgang gebracht hatte, fuhr sie zu Nicola um ihren Vater zu sehen. Wolfgang öffnete ihr und ließ seine Tochter eintreten.

„Gut siehst du aus, ich freue mich dich zu sehen".

Und schon wieder klingelte es - Cosima-Mathilde stand mit Vladimir davor.

„Was wollt Ihr denn hier?", fragte Wolfgang schroff.

„Ich möchte mit dir über die Scheidung sprechen. Da Vladimir jetzt der neue Mann an meiner Seite ist – ob es dir passt oder nicht, interessiert mich nicht – habe ich ihn mitgebracht."

Wolfgang wusste nicht, was er sagen, geschweige denn fühlen sollte. „Kommt rein", murmelte er schwach.

Cosima-Mathilde und Vladimir setzten sich ins Wohnzimmer, während Wolfgang noch einmal ins Kinderzimmer ging: „Die Oma ist da und die Tante Margo auch. Wir haben etwas zu besprechen."

„Ich werde lieber in meinem Zimmer bleiben und spielen", sagte Nele.

Wolfgang kehrte ins Wohnzimmer zurück: „Also, du bist hier, um mit mir über die Scheidung zu reden? Dann lege mal los!", forderte er sie auf, nachdem er im Sessel Platz genommen hatte.

„Ich verzichte auf alles – ich möchte weder dein Geld noch sonst irgendetwas von dir. Ein Haus brauche ich auch nicht – ich werde mit Vladi die Welt umsegeln."

„Was?!", Wolfgang brach in beinahe hysterisches Gelächter aus, „das ist lächerlich! Du brauchst eine Sicherheit."

„Ich brauche Vladimir und sonst nichts. Dann hätten wir ja alles geklärt. Wir sehen uns zum Scheidungstermin!", entgegnete Cosima-Mathilde.

Dann wandte sie sich ihrer Tochter zu und meinte: „Du bist ganz schön dick geworden."

„Ich bin schwanger, Mama", brachte Margo leise hervor.

Für einen Moment war Cosima-Mathilde schockiert und sprachlos, dann polterte sie los: „Schwanger und drogenabhängig?! Das sind ja schöne Zustände hier, das kann ja heiter werden. Das arme Kind!", meinte Cosima-Mathilde ver¬ächtlich. Dann wandte sie sich an Vladimir, der die Unterhaltung die ganze Zeit schweigend und mit wachsamem Blick beobachtet hatte, „Lass' uns gehen, Vladi. Es ist alles gesagt!"

Ehe Wolfgang etwas erwidern konnte, hatte Cosima-Mathilde ihren Vladimir am Arm gefasst und ihn mit nach draußen gezogen, Wolfgang hörte nur noch, wie die Tür hinter ihnen ins Schloss fiel.

Margo sah ihren Vater schockiert an, „was hat der Typ nur aus Mama gemacht?"

„Tja, wenn ich das wüsste", Wolfgang seufzte und lehnte sich im Sessel zurück.

Auf der Fahrt nach Hause war Cosima-Mathilde seltsam still.

„Was ist los, Cara?", fragte Vladimir liebevoll.

„Ach, weißt du, ich bin einfach so schockiert darüber, dass meine Tochter schwanger ist, obwohl sie drogenabhängig ist. Ich mache mir Vorwürfe, weil ich damals nicht in der Lage war mich gegen Wolfgang durchzusetzen, als er sie aus der Wohnung geworfen hat, nachdem er sie beim Spritzen erwischt hat", gestand Cosima-Mathilde.

„Cara, wie wäre es, wenn wir zu Hause gemeinsam ein entspannendes Bad im Whirlpool nehmen, und du dich einmal so richtig von mir verwöhnen lässt", schlug Vladimir vor, sein russischer Akzent, den Cosima-Mathilde so an ihm liebte, kam dabei hervorragend zur Geltung.

Zuhause angekommen, ließ Vladimir zuerst den Whirlpool volllaufen, dann half er Cosima-Mathilde, sich zu entkleiden; sanft küsste er ihren Körper, während er ihr die Kleidungsstücke abstreifte. Dann stiegen sie in den Whirlpool. Cosima-Mathilde lehnte sich an Vladimirs starke Schultern und er küsste weiterhin sanft ihren Körper. Dann begann er zärtlich, ihren Rücken zu massieren. Cosima-Mathilde schloss die Augen.

Kapitel 11

Es waren zwei Wochen vergangen. In diesen letzten beiden Wochen hatte sich Oliver eher distanziert gegenüber Nicola verhalten. Er musste sich jetzt voll und ganz auf Ellens Ankunft vorbereiten. Sie sollte auf keinen Fall bemerken, dass er Nicola während ihrer Abwesenheit immer näher gekommen war.

An diesem Tag hatte Oliver sich freigenommen – denn dies war der Tag, an dem Ellen endlich zurückkam! Die vier Wochen waren für ihn wie in Zeitlupe vergangen. Gleich morgens ging er ins Badezimmer, putzte seine Zähne, duschte und rasierte sich. Anschließend zog er sich schick an und fuhr zum Flughafen. Auf dem Weg dorthin hatte er ihr noch einen Blumenstrauß und ein dünnes, beiges Seidentuch mit großen, lachsfarbenen Blumen darauf besorgt.

Als er am Flughafen vorfuhr, erwartete Ellen ihn bereits mit ihrem Gepäck. Er parkte den Wagen; sie ließ ihr Gepäck stehen und rannte auf ihn zu, als sie ihn erblickte. Sie umarmten sich lange und fest.

„Du hast mir so gefehlt. Ich bin so froh, dass du wieder da bist", heuchelte Oliver brillant.

„Du mir auch – ich habe dich wahnsinnig vermisst. Es tut mir übrigens leid, dass ich am Telefon neulich so sauer wurde, ich weiß auch nicht, was an diesem Tag mit mir los war", entschuldigte sich Ellen bei ihm. Oliver hatte ihren Gefühlsausbruch, schon längst vergessen. Seitdem hatten die beiden immer wieder in regelmäßigen Abständen miteinander telefoniert.

„Schon vergessen, ich bin gespannt, was du sonst noch so erlebt hast, alles konnten wir ja am Telefon nicht besprechen – ich muss dir dann auch noch etwas erzählen", unterbrach sich Oliver, löste sich aus ihrer Umarmung und trug ihr Gepäck zum Auto. Während beide ihre Sicherheitsgurte umlegten und Oliver den Wagen startete, fuhr er fort: „Also, Liebling, jetzt bist erst du an der Reihe. Schieß los: Wie war es in London?", forderte Oliver sie auf.

„Wie ich dir ja bereits am Telefon erzählte, habe ich in der Klinik in London eine Menge von netten Kollegen kennengelernt und ich habe noch ein wenig mein Fachwissen zum Thema Mukoviszidose-kranke Kinder aufgefrischt. Dort in London hatte ich schon vor einiger Zeit gelernt, dass das Inhalieren bei solchen Kindern nichts bringt – nein! Einzig und alleine die Duft-Öl-Therapie kann helfen! Das funktioniert auch sehr gut in Kombination mit Musik, also leisen Klängen. Man hat herausgefunden, dass der Duft sich positiv auf die Verschleimung der Lungenbläschen auswirkt", erzählte Ellen begeistert.

Dann sah sie sein Gesicht von der Seite an: „Und was wolltest du mir erzählen, Schatz?", wollte sie nun wissen.

„Ich habe dir das vor deiner Abreise nicht gesagt, weil ich dir die Freude auf London nicht nehmen, und dich nicht beunruhigen wollte. Meine geliebte Nele hat Mukoviszidose", gestand Oliver.

„Was? Aber Schatz, warum quälst du dich denn alleine mit diesem schweren Gedanken? Warum teilst du deine Sorgen und Ängste nicht mit mir?", fragte sie.

„Ich weiß auch nicht, es tut mir leid", meinte Oliver.

„Lass uns zu Nele fahren, ich möchte ihr ‚Hallo‘, sagen. Ich habe sie ja auch vier Wochen lang nicht gesehen", bat Ellen.

„Wolfgang wohnt jetzt bei Nicola, sodass er sich um Nele kümmern kann, während wir arbeiten. Außerdem ist meine verlorene Schwester Margo wieder aufgetaucht – sie ist schwanger und drogenabhängig und sie wohnt jetzt wieder zu Hause und Vater kümmert sich jeden Tag um sie", erzählte Oliver Ellen das wichtigste in Kürze. Als Ellen erfuhr, dass Cosima-Mathilde sich von Wolfgang getrennt hatte, war sie sprachlos.

„Lass' uns doch am besten zu deiner Ex-Frau fahren, oder? Ich meine, dann kann ich Nele begrüßen und Wolfgang sehen, das ist doch das Beste, nicht wahr?", schlug Ellen vor.

„Ja, warum nicht. Nicola muss allerdings im Moment arbeiten", meinte er. Und er sagte nicht, dass er sehr froh darüber war, nicht seiner Verlobten und seiner Ex-Frau zusammen gegenüberstehen zu müssen.

„Das macht doch nichts – ich möchte deinen Vater und Nele trotzdem begrüßen – danach haben wir noch ganz viel Zeit für uns", lächelte Ellen verheißungsvoll.

„Wie du meinst, dann mal los", meinte Oliver und trat aufs Gas.

Dr. Nicola Voss war angerufen worden, dass die Befunde von Alexandra Jansen jetzt vorliegen würden – deshalb war sie zu so später Stunde, gegen 22:30 Uhr noch einmal in die Klinik gefahren und hatte Christoph und Alexandra zu sich ins Sprechzimmer gebeten; auch Schwester Stephanie war anwesend. Normalerweise machte Dr. Voss so etwas nicht, aber da sie Alexandras Krankheitsbild nicht kalt ließ, machte sie heute eine Ausnahme. Christoph und Alexandra hatten Stephanie gebeten, bei dem Gespräch dabei zu sein, ihre Anwesenheit gab ihnen Sicherheit.

„Nun, Frau Jansen, der Befund Ihrer Biopsie liegt nun vor", begann Dr. Voss.

Alle Anwesenden blickten sie gespannt an.

„Er hat ergeben, dass das Gewebe, welches wir ihren Brüsten entnommen haben, auf beiden Seiten bösartig ist", brachte sie langsam und ruhig hervor. Christoph und Alexandra erstarrten, Schwester Stephanie bemerkte ihren Blick. Für beide brach jetzt gerade eine Welt zusammen – das wusste sie.

Während Nicola in der Klinik war, hatte Wolfgang Dr. Windgassen angerufen und ihn um Hilfe gebeten, da Nele schon die ganze Zeit ununterbrochen keuchte, krampfte und würgte. Der Arzt war umgehend erschienen und hatte ihr sofort ein starkes Entkrampfungsmittel für die Lunge gespritzt, aber dabei betont, dass er wie gewohnt weiter mit der Inhalation fortfahren würde und keine Notwendigkeit darin sehe, Nele mit in seine Spezialklinik zu nehmen. Jedoch wollte er bei der kleinsten Veränderung ihres Zustands informiert werden. Wolfgang hatte eingewilligt. Jetzt schlief Nele friedlich in ihrem Bett, während Wolfgang mit Bruno in der Küche einen Kaffee trank. Plötzlich klingelte es an der Haustür. Wolfgang öffnete.

„Ellen!", begrüßte er sie freudig und umarmte sie herzlich, „schön, dass du wieder da bist – kommt rein und dann erzähl', wie war es in London?"

„Eins nach dem anderen", lachte Ellen und trat ein. Gemeinsam betraten sie die Küche. Dr. Windgassen erhob sich höflich, aber seine Miene verfinsterte sich bei Ellens Anblick kaum merklich.

„Ich habe schon viel von Ihnen gehört, Frau Dr.....", er tat so, als fiele ihm ihr Nachname nicht ein.

„Roth, Dr. Ellen Roth – Kinderärztin", stellte sie sich vor.

„Das ist Dr. Windgassen, er behandelt Nele, jetzt, da sie an Mukoviszidose leidet", erklärte Wolfgang.

Dr. Windgassen hielt ihr die Hand hin: „Sehr erfreut, Sie kennenzulernen", Ellen und er sahen sich fest in die Augen. Ein merkwürdiger Ausdruck, den weder Oliver noch Wolfgang bemerkten, lag in Ellens Blick.

„Die Freude ist ganz meinerseits", schüttelte Ellen seine Hand, dabei wandte sie den Blick nicht von ihm ab.

Dr. Windgassen hatte es auf einmal eilig: „So, Wolfgang, ich werde dann mal gehen."

Plötzlich fasste sich Ellen stöhnend an den Kopf.

„Was hast du, Schatz?", fragte Oliver sofort besorgt.

„Kopfschmerzen, vermutlich hat mir der Flug nicht gut getan", meinte Ellen.

„Ich wollte ohnehin gerade gehen, soll ich Sie ein Stück mitnehmen?", bot Dr. Windgassen an.

„Oh, ja. Das wäre sehr nett von Ihnen", nahm Ellen sein Angebot dankend an. „Dann kann Oliver noch ein bisschen bei seiner Tochter Nele bleiben".

„Ich helfe meinem Vater noch beim Aufräumen, wir besprechen was heute mit Nele los war und ich komme dann auch nach Hause", Oliver küsste Ellen zärtlich.

„Ist gut, bis gleich, ich freue mich auf dich!", Ellen erwiderte den Kuss, dann hakte Dr. Windgassen sich bei ihr unter und führte sie zu seinem Wagen. Oliver und Wolfgang begannen, das Geschirr zu spülen und Wolfgang erzählte ihm währenddessen, was mit Nele heute los war.

„Ich freue mich, dass Ellen endlich wieder zurück ist. Ihr passt wunderbar zusammen. Sie tut dir sichtlich gut", meinte Wolfgang lächelnd zu seinem Sohn.

„Ich bin auch sehr froh, heute Abend endlich nicht mehr alleine einschlafen zu müssen. Und Nele und Ellen werden sich superverstehen!", erwiderte Oliver.

„Geht's dir besser?", fragte Bruno, als er mit Ellen im Auto unterwegs war.

„Nein, noch nicht wirklich. Halt am See an. Wir steigen aus, ich brauche frische Luft."

Bruno tat, wie Ellen es verlangt hatte. Er wollte ihr gerade beim Aussteigen helfen, doch sie stand bereits am Ufer und atmete die kühle Seeluft.

„So so, dir ist es also schwindelig, ja? Ich frage mich, warum du dann so sicher gehen und stehen kannst?!"

„Erwischt, Bruno.", Ellen grinste und wandte sich ihm zu. Mit lockender Stimme bat sie: „Stelle dich bitte neben mich" und widerwillig trat Bruno neben sie. Ellen nahm seine Hand und berührte sie zärtlich mit den Fingern.

„Was soll das?! Diese Zeiten sind lange vorbei, Ellen!", Bruno entzog ihr seine Hand.

„Aber schön waren sie", erinnerte Ellen ihn mit rauer Stimme.

Er antwortete nicht, sondern blickte nur hinaus auf den See und schien die kühle Luft zu genießen.

„Naja, wie auch immer. Ich fände es jedenfalls sehr schade, wenn deine Frau davon erfahren würde – du nicht auch?", hatte Ellen plötzlich einen sehr sachlichen Tonfall, „versuche erst gar nicht, mir in die Parade zu fahren – denn ich habe Beweise. Unser Techtelmechtel vor neun Jahren - es wäre doch schade, wenn Jolanta jetzt davon erfahren würde, oder? Ich habe Beweise, also versuche es erst gar nicht, mir mit irgendwelchen Tricks zu kommen", warnte sie ihn drohend.

„Welche Beweise?", fragte er irritiert und wandte sich ihr wieder zu.

„Unser Techtelmechtel damals im Parkhaus, in deinem Auto – ich habe es gefilmt. Ich habe alles auf Band – zweifach kopiert und an einem sicheren Ort aufbewahrt", sie lächelte ihn sadistisch an.

Ihm dämmerte, dass er machtlos war: „Was willst du?"

„Du wirst die Behandlung von Nele an mich abgeben – du wirst Wolfgang morgen anrufen und ihm sagen, dass deine Frau in Spanien ist und länger dort bleiben wird, hm, besser noch, dass sie dich dort dringend braucht, da ihr Vater im Sterben liegt", Ellen lächelte bei ihrem teuflischen Plan, den sie nun weiterspann, „dann wirst du Wolfgang und Oliver einreden, dass Nele bei mir in den besten Händen ist. Wenn Oliver das glaubt, dann lässt auch seine Ex zu, dass ich Nele behandele. Du bekommst dafür von mir den Flug nach Spanien bezahlt – zwei Tickets und...", sie zog ihr Scheckbuch aus ihrer Manteltasche, „einen Scheck über fünftausendfünfhundert Euro – und du kannst sicher sein – er ist gedeckt!" Sie reichte ihm den Scheck.

Er nahm ihn entgegen. „Na schön – abgemacht", seufzte er ergeben und besiegelte den Pakt mit einem Handschlag.

Ellens böses Lächeln spiegelte sich auf der Oberfläche des Sees. Über ihnen krächzte ein Vogel in die Stille hinein.

Kapitel 12

Oliver hatte einige Male versucht, Ellen auf ihrem Handy zu erreichen, da er immer nur die Ansage ihrer Mailbox hörte, hatte er sich schließlich sauer, aber irgendwie doch besorgt ins Bett gelegt. Aber er fand nicht in den Tiefschlaf. Er wälzte sich im Bett herum und ertastete Ellen neben sich. Ihre nackte Haut fühlte sich eiskalt an.

„Wo warst du denn solange?", fragte Oliver besorgt und umfing Ellen zärtlich mit seinen Armen. „Du bist ja eiskalt!", maulte er dann. Er richtete sich im Bett auf und schaltete das Licht der Nachttischlampe ein.

„Ja, Dr. Windgassen musste anhalten, weil es mir so schlecht ging. Er hat mich dann gestützt und wir sind ein bisschen an der frischen Luft geblieben. Ich weiß nicht, Oliver, aber ich hatte das Gefühl, dass ihn irgendetwas belasten würde. Er hatte so einen besorgten Gesichtsausdruck", erzählte Ellen.

„Vielleicht geht es seiner Frau nicht gut, oder es ist irgendetwas mit seinen Kindern – wer weiß… aber das ist jetzt nicht unser Problem, jetzt gibt es nur uns beide und sonst nichts", Oliver küsste ihren Körper und sie gaben sich ihrer Leidenschaft hin. Dieser Körper hatte Ellen so sehr gefehlt.

„Dieses Gefühl! Das ist einfach… wow!", Ellen atmete aus und sie ließen sich zurück in die Kissen fallen. „Jetzt weiß, was mir in London gefehlt hat… Nämlich du!", Ellen küsste ihn wieder.

„Du hast mir auch wahnsinnig gefehlt", sanft zog Oliver sie wieder in seine Arme.

„Sag mal, Schatz, das mit Neles Erkrankung…es lässt mich irgendwie einfach nicht los", begann Ellen, sanft strich sie ihm dabei über die Wange. „Wenn du nichts dagegen hast, dann würde ich gerne ihre Behandlung übernehmen. Weißt du ich habe sehr viel

Erfahrung mit Kindern, die an Mukoviszidose leiden. Ich habe eine Fortbildung zur Information über alternative Heilmethoden besucht – auch an der Londoner Klinik, an der ich jetzt war, werden alternative Behandlungs-methoden groß geschrieben. Zum Beispiel eine Behandlungsmethode, die ich selbst schon sehr oft bei Kindern mit einer Mukoviszidose-Erkrankung durchgeführt habe: Die Duftöl-Therapie!", Ellen sprühte geradezu vor Begeisterung.

Oliver verzog nachdenklich die Stirn. „Ich weiß nicht. Zugegeben, das Inhalieren ist schon ziemlich laut und anstrengend für Nele", bemerkte Oliver. „verstehe mich bitte nicht falsch, ich bin kein Gegner der alternativen Medizin, ganz im Gegenteil - aber bei Mukoviszidose…", Oliver schien skeptisch.

„Lass mich dir bitte das Gegenteil beweisen", säuselte Ellen an seinem Ohr und küsste ihn zärtlich.

„In Ordnung. Aber ich möchte das erst noch mit meinem Vater und mit Nicola absprechen, einverstanden?", hakte Oliver nach.

„Ja, natürlich, Schatz. Warum fahren wir nicht jetzt sofort gemeinsam zu deiner Ex-Frau?", schlug Ellen vor.

„Vielleicht solltest du dich ein bisschen hinlegen und wir fahren danach zu Nicola!", fand Oliver.

„Ist gut!", Ellen war schon im Halbschlaf.

Am nächsten Morgen stiegen sie nach dem Frühstück ins Auto ein und Oliver fuhr los.

Nicola war wach geworden, weil Wolfgang mit dem Geschirr für das Frühstück hantierte hatte, und die Gläser laut klirrten. Nele hatte davon zum Glück nichts mitbekommen, sie schlief noch immer friedlich.

„Oh, entschuldige bitte, ich wollte dich nicht wecken!", meinte Wolfgang, als er Nicola erblickte.

„Das ist nicht schlimm! Hast du Lust auf Rührei? Ich hole dann noch Brötchen!", meinte Nicola.

„Ja, gerne. Weißt du was, du gehst Brötchen holen und ich bereite in der Zwischenzeit das Rührei zu, was meinst du?", schlug Wolfgang vor.

„Gute Idee, so machen wir es", Nicola machte sich auf den Weg, während Wolfgang mit der Zubereitung begann.

Da trabte Nele verschlafen aus dem Kinder-zimmer heran. Sie trug ihren rosa-blau-gestreiften Lieblings-Schlafanzug und drückte ihren Stoffteddybären an ihr Gesicht.

„Guten Morgen, mein Mäuschen!", begrüßte Wolfgang sie und strich ihr über's Haar. Nele rieb sich die Augen und setzte sich an den Tisch.

„Morgen, Opa! Wo ist die Mama?"

„Die Mama ist zum Bäcker gegangen. Sie holt die Brötchen. Hast du gut geschlafen?"

„Ja und ich konnte fast ganz frei atmen, es tat fast gar nicht weh in der Brust", plapperte Nele munter drauflos.

„Das ist wunderbar, mein Schätzchen. Aber trotzdem inhaliere ich noch mit dir, bevor die Mama wiederkommt", meinte Wolfgang. Er holte sich Handschuhe, streifte sie sich über und rollte den Inhalator heran. Als Wolfgang ihr das Mundstück in den Mund gab, fing sie kurz und heftig an zu würgen. Sanft fuhr er mit seiner anderen Hand in kreisenden Bewegungen Neles Rücken entlang. Dadurch entspannte sich Nele wieder ein bisschen und das Würgen ließ langsam nach. Nach dem Inhalieren ließ er Nele abhusten.

„Und jetzt?", fragte Nele.

Da klingelte plötzlich das Telefon.

„Wer das wohl sein mag?", fragte Wolfgang an Nele gewandt.

„Mama!", rief Nele voller Freude und zog Wolfgang am Arm zum Telefon.

„Hallo", nahm er das Gespräch entgegen.

„Hallo Wolfgang, ich bin es, Cosima-Mathilde. Hast du einen Moment?", erkundigte sie sich.

„Beeile dich bitte, ich habe zu tun!", entgegnete er schroff.

„Ich wollte dir nur mitteilen, dass Vladimir und ich heute verreisen. Wir fahren nach Russland, dort lerne ich endlich seine Familie kennen", schwärmte sie Wolfgang begeistert vor.

„Schön für dich", erwiderte Wolfgang knapp und betont sachlich.

„Dann werde ich mich wohl nun noch…", das Klingeln an der Haustür unterbrach Cosima-Mathilde.

„Entschuldige bitte!", Wolfgang legte das Telefon beiseite und ging zur Haustür, um diese zu öffnen. Ellen und Oliver traten ein.

„Oliver! Ellen! Schön euch zu sehen! Kommt rein", bat Wolfgang und trat zur Seite. Dann nahm er wieder das Telefon zur Hand und bedeutete den beiden, einen Augenblick zu warten: „Einen kleinen Moment."

„Was wolltest du sagen?", fragte er Cosima-Mathilde schroff.

„Ich meinte, dann werde ich mich noch von Oliver verabschieden."

„Das kannst du gleich hier am Telefon erledigen, wenn du möchtest Oliver und Ellen sind gerade hier. Und Nele natürlich auch. Soll ich den Lautsprecher einschalten?", schlug er vor.

„Warum eigentlich nicht, dass ist eine gute Idee", fand Cosima-Mathilde. Und so stellte Wolfgang nun den Lautsprecher ein.

„Hallo Omaaa!", rief Nele freudig in den Lautsprecher.

„Hallo, mein Schätzchen, weißt du was? Der Vladimir möchte mit der Oma nach Russland verreisen und jetzt möchte ich mich noch von dir verabschieden. Weißt du, ich wäre ja noch bei dir vorbeigekommen, aber wir müssen noch so viel packen. Das verstehst du doch, oder Schätzchen?"

„Ja, wann kommt ihr denn wieder?", wollte Nele wissen.

„Das wissen wir leider noch nicht so genau. Aber ich verspreche dir, dass es ganz bald sein wird", erklärte Cosima-Mathilde.

„Das ist ja ganz wunderbar, Oma!", freute sich Nele. „Bringst du mir was aus dem Urlaub mit, Oma?"

„Aber, ja natürlich, mein Schätzchen!", versprach Cosima-Mathilde. „Bis bald!", Wolfgang streckte die Hand nach dem Telefon aus und Nele hielt es ihm entgegen.

Wolfgang nahm es ihr aus der Hand.

„Ja, dann, bleibt mir wohl nichts anderes übrig, als dir einen schönen Urlaub zu wünschen". Den Satz: „Euch einen schönen Urlaub zu wünschen", hatte Wolfgang bewusst vermieden. Denn seine Frau gehörte immer in sein Herz – diese Frau würde für immer in seinem Herzen bleiben und ab heute würde er sich mit seiner Erinnerung an sie zu neuem Lebensmut verhelfen.

„Danke, Wolfgang. Bis bald, passt alle gut auf euch auf, ihr beiden auch Oliver und Ellen!", Cosima-Mathilde beendete das Telefonat, ehe jemand etwas erwidern konnte und diese Tatsache schürte leichte Zweifel in Wolfgang. Vielleicht würde Cosima-Mathilde irgendwann erkennen, dass Vladimir nicht der Mann war, den sie sich gewünscht hatte, vielleicht würde sie irgendwann erkennen, dass sie sich durch die heißen Sonnenstrahlen dieser jungen Affäre, die in Liebe umschlug, hatte blenden lassen. Und dann, wenn Cosima-Mathilde vom rosaroten Himmel ins schwarze Loch fallen würde – dann würde er da sein, sie auffangen und ihr all das geben, was er verpasst hatte, ihr zu geben, als sie noch bei ihm gewesen war. So lange war er bereit zu warten. Oliver schaute Ellen verdutzt an und meinte, „naja, wirklich zu Wort gekommen bin ich jetzt nicht bei ihr".

Nicola war nun endlich in der Apotheke angekommen – die Brötchen würde sie erst nach ihren anderen Erledigungen holen. Die Verkäuferin hatte ihr die bestellte Ware gegeben, jetzt saß Nicola auf der nächsten öffentlichen Toilette im Bahnhofsgebäude von Kaltensee. Sie holte den Schwangerschaftstest von CLEARGREEN aus der Verpackung und urinierte auf den Teststreifen. Danach wartete sie auf die digitale Anzeige. Jetzt zeigte sich auf dem Display das Wort „schwanger".

„Scheiße! Das darf doch nicht wahr sein! Warum ausgerechnet jetzt?!", Nicola musste nach Hause, sie musste mit Oliver reden und zwar sofort! Ach halt, die Brötchen – noch rechtzeitig fiel ihr ein, dass sie ja eigentlich nur deswegen das Haus verlassen hatte…

Cosima-Mathilde und Vladimir saßen nun endlich im Flugzeug nach Russland. Entspannt hatte sich Cosima-Mathilde in ihrem Sitz zurückgelehnt und lächelte Vladimir an.

„Ich freue mich", sagte sie.

„Auf Russland?", fragte er.

„Auf alles mit dir, auf mein neues Leben mit dir."

„Das kannst du auch! Ich werde dir alles geben, was ich kann, Cara", säuselte er und winkte die Stewardess heran.

„Zwei Champagner, bitte", und sofort brachte sie die Gläser. Vladimir reichte eines davon Cosima-Mathilde, das andere hielt er in der Hand.

„Auf unser neues Leben in Russland, Cara!"

„Auf die Liebe", meinte Cosima-Mathilde und sie stießen an. Cosima-Mathilde hatte das Gefühl, endlich in ihrem Leben angekommen zu sein - bei Vladimir.

Nachdem alle gefrühstückt hatten, kümmerte sich Nicola um den Abwasch, während Ellen, Oliver, Wolfgang und Nele am Wohnzimmertisch zusammen saßen und ein Kartenspiel spielten. Nele war am Gewinnen – das war bei den meisten Spielen, die sie spielten, der Fall. Nicola musste unbedingt alleine sein und einen klaren Kopf bekommen. Da klingelte plötzlich schon wieder das Telefon. Ächzend erhob Wolfgang sich und hob ab.

„Hallo!", rief Wolfgang in den Lautsprecher.

„Hallo, hier ist Bruno. Wolfgang, ich muss Euch leider mitteilen, dass ich Neles Behandlung nicht weiterfortführen kann, weil…", Bruno schniefte und stockte. „…weil…", wagte er einen neuen Anlauf. „…meine Frau liegt im Sterben", jetzt schluchzte er lauthals.

Er sprach so laut, dass seine Stimme sogar am Wohnzimmertisch noch zu vernehmen war. Wenn sie wieder mit ihm sprach, musste Ellen ihm unbedingt ein Kompliment für seine schauspielerischen Künste geben – das war wirklich phänomenal gewesen! Sobald er als Arzt nicht mehr genug verdiente, sollte er sich ernsthaft überlegen umzusatteln.

„Was?! Um Himmels Willen! Deine Jolanta! Bruno, dass tut mir unendlich leid. Ich wünsche euch viel Kraft. Mache dir jetzt bitte keine Sorgen um Nele, wir finden schon einen anderen Arzt, der sie behandelt. Du kümmerst dich jetzt um Jolanta", meinte Wolfgang.

„Frau Dr. Ellen Roth ist eine hervorragende Kinderärztin. Gerade ihre Qualifikationen in der Behandlung von Kindern mit Mukoviszidose sind überragend, da sie vollkommen anders behandelt. Ich habe genaue Erkundigungen über sie eingezogen. Aber lasst Euch selbst davon überzeugen! Ich muss schlussmachen, Jolanta braucht mich!"

Ehe Wolfgang etwas entgegnen konnte, war ein Knacken in der Leitung zu hören.

„Dr. Windgassen kann Nele nicht mehr behandeln, seiner Frau geht es sehr schlecht", fasste Wolfgang das Telefonat zusammen. Dann wandte er sich mit Erstaunen an Ellen: „Er hat uns dich als behandelnde Ärztin empfohlen, Ellen."

Ellen tat ebenfalls überrascht: „Was? Wie komme ich denn zu solch einer Ehre. Aber wenn der Kollege mich schon empfiehlt… und außerdem ist Nele die Tochter von meinem Schatz, da werde ich die Behandlung natürlich sehr gerne übernehmen, das ist doch klar, oder?", fragte Ellen.

Nach der Empfehlung von Dr. Windgassen waren Oliver und Wolfgang sofort hellauf begeistert und stimmten zu. Ein Mann wie Dr. Windgassen traf keine falschen Entscheidungen, war Wolfgang sich sicher. Bei Nicola und Nele hielt sich die Begeisterung allerdings in Grenzen.

„Nicola, lassen Sie mich Ihnen bitte beweisen, dass ich für Nele nur das Beste möchte", bat Dr. Ellen Roth.

„Also schön, dann versuchen wir nun, miteinander auszukommen", meinte Nicola noch immer zögernd.

„Liebend gerne", Ellen strahlte sie an.

„Also, was schlägst du vor, Ellen?", fragte Wolfgang.

„Oliver, kann ich dich einmal bitte kurz unter vier Augen sprechen", unterbrach Nicola das Gespräch, das ihr schon viel zu konkret wurde. Sie wollte noch nicht über eine andere Behandlung nachdenken; ihr schwirrte noch der Kopf von einem ganz anderen Thema. Wieso musste auch alles auf einmal passieren?! Oliver erhob sich und sie gingen in die Küche hinüber.

„Was gibt es denn?"

Nicola stand mit dem Rücken zur Küchenzeile und hielt sich mit beiden Händen daran fest. Langsam ließ sie los und nestelte mit den Fingern am obersten Knopf ihrer Seidenbluse herum. Dabei wandte sie den Blick ab und ließ ihn durch die Küche schweifen.

Dann begann sie, sich umständlich zu räuspern, ehe sie ihre Hände vor der Brust faltete, sie dann wieder öffnete und ihre Finger ineinander verhakte.

„Unsere letzte gemeinsame Nacht hatte wohl Folgen", begann sie.

„Du bist schwanger?!" fragte er, seine Stimme hatte ein wenig zu schrill geklungen und er musste sich anstrengen, um nicht völlig die Beherrschung zu verlieren. Er ballte die Hände zu Fäusten, presste die Lippen aufeinander und stützte sich schließlich an der Küchenzeile ab.

Nachdem er sich etwas beruhigt hatte meinte er, „An der Vaterschaft besteht kein Zweifel, ja? Ich meine, könnte es vielleicht nicht sein, dass…"

Nicola musste sich beherrschen, um nicht laut zu werden. „Willst du mir etwa unterstellen, dass ich von Bett zu Bett springe, ja?!", fragte sie in harschem Tonfall.

„Nein, natürlich nicht – ach, ich weiß doch auch nicht! Verdammt!", Oliver war innerlich völlig aufgewühlt.

Beide blickten aus dem Fenster, da sie nicht wussten, was sie sagen sollten. In die Stille hinein war plötzlich ein Vibrieren auf der Anrichte zu hören - Nicolas Handy.

„Voss", meldete sie sich. Die Stimme am anderen Ende antwortete etwas.

„Ist gut, sagen Sie der Patientin bitte, dass ich auf dem Weg bin."

Wieder ertönte eine Antwort.

„Gut, bis gleich. Dankeschön", Nicola legte auf.

„Was ist los?", wollte Oliver wissen.

„Ich muss eine wichtige Operations-Abklärung durchführen", erklärte Nicola.

„Wenn du ohnehin in die Klinik gehst, dann…", begann Oliver.

„Dann könntest du gleich mitkommen, um eine Sonographie zu machen", beendete Nicola den Satz.

„Genau", stimmte Oliver ihr zu.

Da trat Ellen zu ihnen in die Küche: „Ist alles in Ordnung? Wo bleibst du denn, Schatz? Ich würde gerne mit dir und deiner Ex-Frau die Behandlungsmöglichkeiten von Nele durchsprechen", meinte Ellen.

Die Spannungen, die zwischen Nicola und Oliver lagen, waren mehr als deutlich zu spüren, aber Ellen hakte nicht weiter nach, sie vertraute ihrem Verlobten, sie vertraute darauf, dass er sich ihr freiwillig öffnen würde, sollte es irgendein Problem geben.

„Ja, ja, alles in Ordnung. Aber natürlich", antwortete Oliver fahrig, „ich muss nachher noch einmal kurz in die Klinik."

„In Ordnung, ich kann mich ja solange dann um Nele kümmern, um deinen Vater ein bisschen zu entlasten", säuselte Ellen.

„Aber natürlich", entgegnete Oliver, noch immer abwesend.

„Ich muss auch noch in die Klinik, aber jetzt würde ich tatsächlich erst einmal gerne wissen, wie Ihre Behandlungsweise aussehen wird, Frau Dr. Roth", schaltete sich Nicola ein.

Sie gingen wieder zurück zu Wolfgang und Nele ins Wohnzimmer, wo sich alle aufs Sofa setzten.

„Nicola – Oliver…", begann Ellen.

„Ellen, wollen wir uns nicht duzen? Ich meine, immerhin sind Sie jetzt Teil meiner Familie", bot Nicola an.

Oliver verfolgte das Gespräch mit wachsendem Unbehagen.

„Sehr gerne", nahm Ellen das Angebot an, „nun, meine Behandlungsweise sieht wie folgt aus, Nicola. Ich versuche den kranken Kindern ein Leben ohne das Inhalieren zu ermöglichen und zwar mithilfe von Duft-Öl, Klangschalen und ruhiger Musik. Der Vorteil dabei ist, dass die Kinder nicht so gestresst sind wie durch die In-halation, außerdem gibt es ihnen mehr Freiräume und Lebenszeit wieder zurück", stellte Ellen ihr Konzept vor.

„Warum nicht, ein Versuch wäre es wert, wenn wir Nele dadurch das Leben erleichtern können", meinte Oliver.

„Ich weiß noch nicht so recht – so ganz ohne Inhalation", wandte Nicola besorgt und skeptisch zugleich ein.

„Wir können es doch zumindest einmal versuchen", meinte Wolf-gang. „Ich denke, wenn Bruno uns Ellen empfiehlt, sollten wir es vielleicht versuchen."

„Man muss diese „Duftöl-Therapie" sechs Monate am Stück durch-führen, damit sie effektiv ist", erklärte Ellen.

„Also schön, wir machen das", stimmten alle Erwachsenen Ellen zu.

Auch Nele sah die Vorteile: „Oh ja! Endlich nicht mehr inhalieren und mehr spielen!", freute sie sich.

„Was wir dafür allerdings tun müssten, Nicola: deine Wohnung muss anti-allergen gestaltet werden! Bis wir alles so ein- und um-geordnet haben, wie es die Therapie erfordert, kann es noch sechs Monate dauern", fuhr Ellen fort.

„Das ist überhaupt kein Problem, für mein Kind tue ich alles! Also nur noch sechs Monate inhalieren, Nele", schwärmte Nicola ihrer Tochter vor, und das Mädchen war begeistert.

„Oh, wie schöööön! Danke, Ellen!", Nele umarmte sie stürmisch.

„Wir wollen doch nur das Beste für dich! Leider müsst ihr die Be-handlung privat bezahlen, dass wären pro Behandlung, pro 500 ml-Flasche Duft-Öl 1.200 Euro, dazu kommen noch die Klangscha-len und die Musik. Unter dem Strich wären wir bei 2.800 Euro", erläuterte Ellen.

„Das ist überhaupt kein Problem, ich zahle!", versprach Wolfgang sofort.

„Vielen Dank", meinten Nicola und Oliver gleichermaßen.

Sie verblieben so, dass sie nach der Umräumung der Wohnung sofort mit der Therapie beginnen würden.

„Ich muss in die Klinik, wegen einer Besprechung", verabschiedete sich Nicola.

Nachdem Nicola gefahren war, kümmerte sich Ellen um Nele.

Dr. Oliver Bergmann und Dr. Nicola Voss waren nahezu zeitgleich in der Klinik eingetroffen.

Nicola folgte ihrem Ex-Mann in das Behandlungszimmer, sie legte sich auf die Behandlungsliege und Oliver meinte, „ich muss einen Vaginalen Ultraschall durchführen, sonst kann man noch nichts erkennen, aber das weißt du ja als Fachfrau sicher auch".

Er streifte sich ein Paar Latex-Handschuhe über und meinte dann: „Achtung, das wird jetzt ein bisschen kalt."

Nicola nickte, und er begann mit der Unter-suchung. Sie drehte den Kopf zum Monitor.

Oliver wurde von einer unglaublichen Welle des Glücksgefühls durchströmt, und auch Nicola hatte Freudentränen in den Augen, als beide den Herzschlag ihres Kindes sahen.

Oliver würde mit Ellen reden, so bald wie möglich. Nicola und er würden das schon irgendwie meistern. Auch wenn beide noch nicht recht wussten, wie.

„Ich werde das mit Ellen regeln und wir werden eine Lösung im Sinne des Kindes finden! Ich möchte auf keinen Fall, dass du abtreibst! Eher verlasse ich Ellen, sollte sie sich querstellen! Und meinen Vater ziehen wir schon irgendwie auf unsere Seite", zeigte Oliver sich selbstsicher.

„In Ordnung, aber bitte überstürzte meinetwegen nichts".

„Alles klar", erwiderte Oliver und machte sich daran, die Daten in Nicolas Mutterpass einzutragen. Leider hatte sie ihren alten Mutterpass von ihrer Schwangerschaft mit Nele verloren, sodass er ihr einen neuen ausstellen musste.

Dr. Nicola Voss klopfte an die Bürotür von Dr. Möbius und trat ein. Sie besprachen die Details der Operation, die Dr. Voss am nächsten Tag durchführen sollte. Anschließend wollte Professor Dr. Dr. Conrad Möbius Feierabend machen, als ihm auf dem Gang drei Personen auffielen: eine Frau im Kostüm neben einem hageren, gepflegte Mann im Anzug und eine jüngere Frau, die ganz in weiß gekleidet war.

„Hallo Conrad", grüßte ihn die Frau - und an ihrer klaren, manchmal kalten, aber ebenso verführerischen Stimme erkannte er sie sofort: seine Jugendliebe Kira!

„Kira!", Der Schock saß tief – er hatte sich immer gewünscht, sie wiederzusehen, doch hatte er nach so langer Zeit nicht mehr damit gerechnet, nicht im Geringsten! Er musste sich kurz sammeln.

„Schön, dich wiederzusehen, Conrad. Du hast dich kaum verändert: immer noch so charmant und gutaussehend wie damals. Darf ich vorstellen, dass ist mein Mitarbeiter, Herr Kampfenhofen", erklärte sie und deutete auf den Mann im Anzug.

„Sehr erfreut", überrascht schüttelte er die Hand ihres Mitarbeiters.

„Die Freude ist ganz meinerseits!", erwiderte dieser höflich.

„Und diese junge Dame hier...", sie deutete auf die junge Frau mit den dunkelblonden, lockigen Haaren, „...ist deine Tochter Kristin", Kira lächelte ihn arglos an.

Jetzt war Professor Dr. Dr. Conrad Möbius zum ersten Mal in seinem Leben sprachlos. Er riss die Augen auf und atmete tief ein und aus – diesen Schock musste er erst einmal verdauen.

Margo war gerade damit beschäftigt, Wolfgangs Wohnung – was deren Sauberkeit betraf – ein wenig auf Vordermann zu bringen. Ihr Vater half ihr so sehr, da konnte sie sich wenigstens dadurch ein bisschen erkenntlich zeigen. Sie war gerade dabei, die niedrigen Regale vom Staub zu befreien, als sie sich plötzlich zusammenkrümmte. Ein ziehender Schmerz fuhr in ihren Unterleib. Margo krampfte die Hand an ihren Babybauch und verzerrte das Gesicht vor Schmerz.

„Was ist denn jetzt los?!", keuchte sie.

ENDE

Danksagung

Als ich vor langer Zeit begann, „Schatten der Vergangenheit – Die NIOL-Trilogie, Band 1" zu schreiben – damals hieß das Manuskript übrigens noch „Halbgötter in Weiß", hatte ich eigentlich überhaupt nicht vor, das Buch zu veröffentlichen. Auch hatte ich nicht vor, daraus eine Trilogie zu machen. Als ich dann aber den ersten Band zu Ende geschrieben hatte, wuchs der Wunsch, die Geschichte fortzusetzen, daraus eine Trilogie zu machen und diese auch zu veröffentlichen. Das Genre des Arztromans habe ich ganz bewusst gewählt, da ich diesem einen besseren Ruf bescheren möchte. Diese Gattung von Romanen kann durchaus – und das möchte ich mit der „NIOL-Trilogie" deutlich machen - auch modern geschrieben, sehr romantisch und gefühlvoll sein, ohne dabei kitschig, unrealistisch und überladen zu wirken. Damals wählte ich das Pseudonym Amanda Ciesing, da ich mir nicht sicher war, wie dieses Genre bei Ihnen, den Leserinnen und Lesern ankommen würde – aber auch, um die „NIOL-Trilogie" ganz klar von meinen Kriminalromanen abzugrenzen.

Durch das Pseudonym habe ich einige nette Menschen kennengelernt, zu denen ich sofort Vertrauen gefasst und eine unglaubliche Nähe gespürt habe. Ganz besonders eine Frau hat mich so akzeptiert, wie ich bin; sie hat sofort verstanden, warum ich den ersten Band der „NIOL-Trilogie" unter einem Pseudonym schrieb. Das hat mir Mut und Kraft gegeben; deshalb möchte ich dieser wunderbaren und einzigartigen Frau an dieser Stelle meinen Dank aussprechen!

Nicola, Oliver und Nele sind mir mittlerweile richtig ans Herz gewachsen. Ich finde es großartig, meine Protagonisten durch ihre Höhnen und Tiefen zu begleiten und sie durch und an ihren Aufgaben wachsen zu sehen.

Zuerst einmal möchte ich meinen Eltern danken – meiner Mutter, weil sie das Manuskript stets geduldig Probe gelesen hat und mir hilfreiche Tipps gab. Auch hat sie mir zugehört und mir auf den richtigen Weg geholfen, wenn ich feststeckte. Meinem Vater möchte ich dafür danken, dass er, wie bei jedem meiner bereits erschienen Bücher, auch bei diesem wieder die Werbung durch Mundpropaganda übernehmen wird.

Dann möchte ich meiner Freundin Janett danken – du bist wie eine Schwester für mich! Ich danke dir für die Zeit der Entbehrung, in der mein Manuskript ein wunderbares Stück gewachsen ist; Du hörst mir immer zu und gibst mir stets wertvolle Tipps, und du kümmerst dich so wunderbar um die Facebook-Seite: Amanda Ciesing, womit du mich sehr entlastest!

Weiterhin möchte ich meiner Freundin Maren danken: für die hervorragende Unterstützung auf meiner Facebook-Seite: Samantha Daut und ihre Bücher und natürlich auch für die stets hilfreichen Anmerkungen zum Manuskript.

Auch Sandra möchte ich danken: für die hilfreiche Administration der Facebook-Seite: Amanda Ciesing in Zusammenarbeit mit Janett.

Ein ganz besonderer Dank geht an meine wunderbare Lektorin Susanne Junge, die mit viel Präzision und Feingefühl gemeinsam mit mir am Text gefeilt und die mich durch ihre hilfreichen Anmerkungen stets wieder auf den richtigen Weg oder auch auf ganz neue Ideen brachte. Auch für das wunderschöne Layout des Innenteils und die wie immer reibungslose Zusammenarbeit danke ich ihr sehr!

Für das wunderschöne Buchcover, die Unterstützung und die wie immer reibungslose Zusammenarbeit bin ich meinem Coverdesigner Berthold Sachsenmaier äußerst dankbar!

Natürlich danke ich auch den lieben Leserinnen und Lesern, der „NIOL-Trilogie"! Ich bin überwältigt und sehr dankbar für so viele verkaufte Exemplare und so viele positive Rückmeldungen zu „Schatten der Vergangenheit – Die NIOL-Trilogie, Band 1".

Ich hoffe sehr, dass Ihnen „Angst um Nele – Die NIOL-Trilogie, Band 2", genauso gut gefallen wird.

Im August 2015,

Ihre Amanda Ciesing alias Samantha Daut

Bücher von Samantha Daut unter dem Pseudonym Amanda Ciesing

DIE NIOL-TRILOGIE

Schatten der Vergangenheit
Die NIOL-Trilogie, Band 1

Beschreibung: Dr. Oliver Bergmann ist ein äußerst erfolgreicher Oberarzt an der Südstadtklinik im kleinen, fiktiven Örtchen Kaltensee. Oliver Bergmann lebt glücklich mit seiner Verlobten, der Kinderärztin Dr. Ellen Roth, in einer wunderschönen Villa. Plötzlich erkrankt seine Tochter Nele aus erster Ehe. Aber auch das Wesen des Mädchens hat sich verändert…

(Textquelle der Beschreibung: www.amazon.de)

Ausgabeformate: Taschenbuch und E-Book/Kindle Edition

Taschenbuch-Preis: 7,49 €

E-Book-/Kindle Edition-Preis: 2,99 €

Das Taschenbuch ist über: www.tredition.de und über die Angabe des Titels über jede Buchhandlung zu beziehen! Das E-Book gibt es in allen gängigen Shops!

Bücher von Samantha Daut

Die Saalberger-Reihe:

1.   Tödliche Eifersucht

2.   Lehrerhass

Die ersten beiden Fälle für Roland Saalberger im Doppelband!

Beschreibung: Die Kommissare Sigrid Fery und Roland Saalberger von der Kriminalpolizei in Mosbach. Sie müssen den Mord an einer jungen Frau aufklären. Auch im Privatleben der Kommissare geht es turbulent zu. Im zweiten Fall müssen die Kommissare den Mord an dem Berufsfachschullehrer Rainer März aufklären.

(Textquelle der Beschreibung: www.amazon.de)

Ausgabeformat: Taschenbuch

Taschenbuch-Preis: 12,49 €

Das Taschenbuch ist über: www.tredition.de und über die Angabe des Titels über jede Buchhandlung zu beziehen!

3.   BLUTTEDDY

Der dritte Fall für Roland Saalberger!

Beschreibung: Der dritte Fall von Sigrid, Isabelle und Roland hält viele überraschende Ereignisse für die Kommissare bereit: eine Konfrontation mit der Vergangenheit, persönliche Verstrickungen, sowie eine dramatische Wendung...

(Textquelle der Beschreibung: www.amazon.de)

Ausgabeformate: Taschenbuch und E-Book/Kindle Edition

Taschenbuch-Preis: 12,50 €

E-Book-/Kindle Edition-Preis: 12,49 €

Das Taschenbuch ist über: www.tredition.de und über die An-gabe des Titels über jede Buchhandlung zu beziehen!

4.   April der Rache

Der vierte und letzte Fall für Roland Saalberger!

Beschreibung: Ein Ex-Kommissar auf Rachefeldzug…

APRIL 2013: Roland Saalberger hat seinen Dienst bei der Kriminalpolizei niedergelegt und hat sich nun als Privatermittler selbstständig gemacht. In seinem Leben ging es in den letzten Monaten ziemlich turbulent zu. Aber mit dem neuen Job hat auch er wieder Halt gefunden. Zugleich sinnt Roland auf Rache an allen, die mitschuldig sind, dass seine Tochter Caroline starb. Was er nie erfahren wird: Um seinen Rachefeldzug zu vollziehen lässt er sich auf ein unmoralisches Angebot ein. Plötzlich erhält er unerwarteten Besuch, der alles noch einmal auf Anfang spult. Die Kommissare im Mosbacher K11 haben unterdessen alle Hände voll zu tun: Denn ein 11- jähriges Mädchen wurde entführt. Bei ihren Ermittlungen machen Natalie und Mark eine grausame Entdeckung und kommen einer familiären Tragödie auf die Spur.

(Textquelle der Beschreibung: www.amazon.de)

Ausgabeformate: Taschenbuch, Hardcover und E-Book/Kindle Edition

Taschenbuch-Preis: 10,49 €

Hardcover-Ausgabe: 18,49 €

E-Book-/Kindle Edition-Preis: 3,99 €

Das Bücher sind über: www.tredition.de und über die Angabe des Titels über jede Buchhandlung zu beziehen! Das E-Book gibt es in allen gängigen Shops!

MIX

Papier | Fördert
gute Waldnutzung

FSC® C083411

Zeitfracht Medien GmbH
Ferdinand-Jühlke-Straße 7
99095 Erfurt, Deutschland
produktsicherheit@kolibri360.de